I0642911

OEUVRES CHOISIES

DE

J. B. ROUSSEAU.

DE L'IMPRIMERIE DE FIRMIN DIDOT.

OEUVRES CHOISIES

DE

J. B. ROUSSEAU.

PARIS,

SAINTIN, LIBRAIRE, RUE DU FOIN.

———

M DCCC XXII.

ODES.

LIVRE PREMIER.

ODE PREMIÈRE,

TIRÉE DU PSAUME XIV.

Caractère de l'homme juste.

Seigneur, dans ta gloire adorable
Quel mortel est digne d'entrer ?
Qui pourra, grand Dieu, pénétrer
Ce sanctuaire impénétrable
Où tes saints inclinés, d'un œil respectueux,
Contemplent de ton front l'éclat majestueux ?

Ce sera celui qui du vice
Évite le sentier impur ;
Qui marche d'un pas ferme et sûr
Dans le chemin de la justice ;
Attentif et fidèle à distinguer sa voix,
Intrépide et sévère à maintenir ses lois.

Ce sera celui dont la bouche
Rend hommage à la vérité ;
Qui, sous un air d'humanité,
Ne cache point un cœur farouche ;
Et qui, par des discours faux et calomnieux,
Jamais à la vertu n'a fait baisser les yeux :

Celui devant qui le superbe,
Enflé d'une vaine splendeur,
Paroît plus bas, dans sa grandeur,
Que l'insecte caché sous l'herbe ;
Qui, bravant du méchant le faste couronné,
Honore la vertu du juste infortuné :

Celui, dis-je, dont les promesses
Sont un gage toujours certain :
Celui qui d'un infame gain
Ne sait point grossir ses richesses :
Celui qui, sur les dons du coupable puissant,
N'a jamais décidé du sort de l'innocent.

Qui marchera dans cette voie,
Comblé d'un éternel bonheur,
Un jour, des élus du Seigneur
Partagera la sainte joie ;
Et les frémissements de l'enfer irrité
Ne pourront faire obstacle à sa félicité.

ODE II,

TIRÉE DU PSAUME XVIII.

Mouvements d'une ame qui s'élève à la connois-sance de Dieu par la contemplation de ses ou-vrages.

LES cieux instruisent la terre
A révérer leur auteur :
Tout ce que leur globe enserre
Célèbre un Dieu créateur.
Quel plus sublime cantique
Que ce concert magnifique
De tous les célestes corps ?
Quelle grandeur infinie !
Quelle divine harmonie
Résulte de leurs accords !

De sa puissance immortelle
Tout parle, tout nous instruit;
Le jour au jour la révèle,
La nuit l'annonce à la nuit.
Ce grand et superbe ouvrage
N'est point pour l'homme un langage
Obscur et mystérieux :
Son admirable structure
Est la voix de la nature,
Qui se fait entendre aux yeux.

r.

Dans une éclatante voûte
Il a placé de ses mains
Ce soleil qui dans sa route
Éclaire tous les humains.
Environné de lumière,
Cet astre ouvre sa carrière
Comme un époux glorieux
Qui, dès l'aube matinale,
De sa couche nuptiale
Sort brillant et radieux.

L'univers, à sa présence,
Semble sortir du néant.
Il prend sa course, il s'avance
Comme un superbe géant.
Bientôt sa marche féconde
Embrasse le tour du monde
Dans le cercle qu'il décrit;
Et, par sa chaleur puissante,
La nature languissante
Se ranime et se nourrit.

O que tes œuvres sont belles,
Grand Dieu! quels sont tes bienfaits!
Que ceux qui te sont fidèles
Sous ton joug trouvent d'attraits!
Ta crainte inspire la joie;
Elle assure notre voie;
Elle nous rend triomphants:
Elle éclaire la jeunesse,

Et fait briller la sagesse
Dans les plus foibles enfants.

Soutiens ma foi chancelante,
Dieu puissant ; inspire-moi
Cette crainte vigilante
Qui fait pratiquer ta loi.
Loi sainte, loi désirable,
Ta richesse est préférable
A la richesse de l'or ;
Et ta douceur est pareille
Au miel dont la jeune abeille
Compose son cher trésor.

Mais, sans tes clartés sacrées,
Qui peut connoître, Seigneur,
Les foiblesses égarées
Dans les replis de son cœur ?
Prête-moi tes feux propices :
Viens m'aider à fuir les vices
Qui s'attachent à mes pas :
Viens consumer par ta flamme
Ceux que je vois dans mon ame,
Et ceux que je n'y vois pas.

Si de leur triste esclavage
Tu viens dégager mes sens,
Si tu détruis leur ouvrage,
Mes jours seront innocents,
J'irai puiser sur ta trace

Dans les sources de ta grace :
Et, de ses eaux abreuvé,
Ma gloire fera connoître
Que le Dieu qui m'a fait naître
Est le Dieu qui m'a sauvé.

ODE III,

TIRÉE DU PSAUME XLVIII.

Sur l'aveuglement des hommes du siècle.

Qu'aux accents de ma voix la terre se réveille :
Rois, soyez attentifs ; peuples, ouvrez l'oreille :
Que l'univers se taise, et m'écoute parler.
Mes chants vont seconder les accords de ma lyre :
L'esprit saint me pénètre ; il m'échauffe, et m'inspire
Les grandes vérités que je vais révéler.

L'homme en sa propre force a mis sa confiance ;
Ivre de ses grandeurs et de son opulence,
L'éclat de sa fortune enfle sa vanité.
Mais, ô moment terrible, ô jour épouvantable,
Où la mort saisira ce fortuné coupable,
Tout chargé des liens de son iniquité !

Que deviendront alors, répondez, grands du monde,
Que deviendront ces biens où votre espoir se fonde,

Et dont vous étalez l'orgueilleuse moisson ?
Sujets, amis, parents, tout deviendra stérile ;
Et, dans ce jour fatal, l'homme à l'homme inutile
Ne pa'era point à Dieu le prix de sa rançon.

Vous avez vu tomber les plus illustres têtes ;
Et vous pourriez encore, insensés que vous êtes,
Ignorer le tribut que l'on doit à la mort ?
Non, non, tout doit franchir ce terrible passage :
Le riche et l'indigent, l'imprudent et le sage,
Sujets à même loi, subissent même sort.

D'avides étrangers, transportés d'alégresse,
Engloutissent déja toute cette richesse,
Ces terres, ces palais de vos noms ennoblis.
Et que vous reste-t-il en ces moments suprêmes ?
Un sépulcre funèbre, où vos noms, où vous-mêmes
Dans l'éternelle nuit serez ensevelis.

Les hommes, éblouis de leurs honneurs frivoles,
Et de leurs vains flatteurs écoutant les paroles,
Ont de ces vérités perdu le souvenir :
Pareils aux animaux farouches et stupides,
Les lois de leur instinct sont leurs uniques guides,
Et pour eux le présent paroît sans avenir.

Un précipice affreux devant eux se présente ;
Mais toujours leur raison, soumise et complaisante,
Au-devant de leurs yeux met un voile imposteur.
Sous leurs pas cependant s'ouvrent les noirs abymes,

Où la cruelle mort, les prenant pour victimes,
Frappe ces vils troupeaux, dont elle est le pasteur.

Là s'anéantiront ces titres magnifiques,
Ce pouvoir usurpé, ces ressorts politiques,
Dont le juste autrefois sentit le poids fatal :
Ce qui fit leur bonheur deviendra leur torture ;
Et Dieu, de sa justice apaisant le murmure,
Livrera ces méchants au pouvoir infernal.

Justes, ne craignez point le vain pouvoir des hommes;
Quelque élevés qu'ils soient, ils sont ce que nous
       sommes :
Si vous êtes mortels, ils le sont comme vous.
Nous avons beau vanter nos grandeurs passagères,
Il faut mêler sa cendre aux cendres de ses pères ;
Et c'est le même Dieu qui nous jugera tous.

ODE IV,

TIRÉE DU PSAUME XLIX.

*Sur les dispositions que l'homme doit apporter à la
prière.*

Le roi des cieux et de la terre
Descend au milieu des éclairs :

Sa voix, comme un bruyant tonnerre,
S'est fait entendre dans les airs.
Dieux mortels, c'est vous qu'il appelle.
Il tient la balance éternelle
Qui doit peser tous les humains :
Dans ses yeux la flamme étincelle,
Et le glaive brille en ses mains.

Ministres de ses lois augustes,
Esprits divins qui le servez,
Assemblez la troupe des justes
Que les œuvres ont éprouvés ;
Et de ces serviteurs utiles
Séparez les ames serviles
Dont le zèle, oisif en sa foi,
Par des holocaustes stériles
A cru satisfaire à la loi.

Allez, saintes intelligences,
Exécuter ses volontés :
Tandis qu'à servir ses vengeances
Les cieux et la terre invités,
Par des prodiges innombrables,
Apprendront à ces misérables
Que le jour fatal est venu
Qui fera connoître aux coupables
Le juge qu'ils ont méconnu.

Écoutez ce juge sévère,
Hommes charnels, écoutez tous :

Quand je viendrai dans ma colère
Lancer mes jugements sur vous,
Vous m'alléguerez les victimes
Que sur mes autels légitimes
Chaque jour vous sacrifiez ;
Mais ne pensez pas que vos crimes
Par-là puissent être expiés.

Que m'importent vos sacrifices,
Vos offrandes et vos troupeaux ?
Dieu boit-il le sang des génisses ?
Mange-t-il la chair des taureaux ?
Ignorez-vous que son empire
Embrasse tout ce qui respire
Et sur la terre et dans les mers,
Et que son souffle seul inspire
L'ame à tout ce vaste univers ?

Offrez, à l'exemple des anges,
A ce Dieu votre unique appui,
Un sacrifice de louanges,
Le seul qui soit digne de lui.
Chantez, d'une voix ferme et sûre,
De cet auteur de la nature
Les bienfaits toujours renaissants :
Mais sachez qu'une main impure
Peut souiller le plus pur encens.

Il a dit à l'homme profane :
Oses-tu, pécheur criminel,

D'un Dieu dont la loi te condamne
Chanter le pouvoir éternel ;
Toi qui, courant à ta ruine,
Fus toujours sourd à ma doctrine,
Et, malgré mes secours puissants,
Rejetant toute discipline,
N'as pris conseil que de tes sens ?

Si tu voyois un adultère,
C'étoit lui que tu consultois :
Tu respirois le caractère
Du voleur que tu fréquentois.
Ta bouche abondoit en malice ;
Et ton cœur, pétri d'artifice,
Contre ton frère encouragé,
S'applaudissoit du précipice
Où ta fraude l'avoit plongé.

Contre une impiété si noire
Mes foudres furent sans emploi ;
Et voilà ce qui t'a fait croire
Que ton Dieu pensoit comme toi.
Mais apprends, homme détestable,
Que ma justice formidable
Ne se laisse point prévenir,
Et n'en est pas moins redoutable
Pour être tardive à punir.

Pensez-y donc, ames grossières ;
Commencez par régler vos mœurs.

Moins de faste dans vos prières,
Plus d'innocence dans vos cœurs.
Sans une ame légitimée
Par la pratique confirmée
De mes préceptes immortels,
Votre encens n'est qu'une fumée
Qui déshonore mes autels.

ODE V,

TIRÉE DU PSAUME LVII.

Contre les hypocrites.

Si la loi du Seigneur vous touche,
Si le mensonge vous fait peur,
Si la justice en votre cœur
Règne aussi-bien qu'en votre bouche ;
Parlez, fils des hommes, pourquoi
Faut-il qu'une haine farouche
Préside aux jugements que vous lancez sur moi ?

C'est vous de qui les mains impures
Trament le tissu détesté
Qui fait trébucher l'équité
Dans le piége des impostures ;
Lâches, aux cabales vendus,

Artisans de fourbes obscures,
Habiles seulement à noircir les vertus.

L'hypocrite, en fraudes fertile,
Dès l'enfance est pétri de fard :
Il sait colorer avec art
Le fiel que sa bouche distille ;
Et la morsure du serpent
Est moins aiguë et moins subtile
Que le venin caché que sa langue répand.

En vain le sage les conseille,
Ils sont inflexibles et sourds ;
Leur cœur s'assoupit aux discours
De l'équité qui les réveille :
Plus insensibles et plus froids
Que l'aspic, qui ferme l'oreille
Aux sons mélodieux d'une touchante voix.

Mais de ces langues diffamantes
Dieu saura venger l'innocent.
Je le verrai, ce Dieu puissant,
Foudroyer leurs têtes fumantes.
Il vaincra ces lions ardents,
Et dans leurs gueules écumantes
Il plongera sa main, et brisera leurs dents.

Ainsi que la vague rapide
D'un torrent qui roule à grand bruit
Se dissipe et s'évanouit

Dans le sein de la terre humide ;
Ou comme l'airain enflammé
Fait fondre la cire fluide
Qui bouillonne à l'aspect du brasier allumé :

Ainsi leurs grandeurs éclipsées
S'anéantiront à nos yeux ;
Ainsi la justice des cieux
Confondra leurs lâches pensées,
Leurs dards deviendront impuissants,
Et de leurs pointes émoussées
Ne pénétreront plus le sein des innocents.

Avant que leurs tiges célèbres
Puissent pousser des rejetons,
Eux-mêmes, tristes avortons,
Seront cachés dans les ténèbres ;
Et leur sort deviendra pareil
Au sort de ces oiseaux funèbres
Qui n'osent soutenir les regards du soleil.

C'est alors que de leur disgrace
Les justes riront à leur tour :
C'est alors que viendra le jour
De punir leur superbe audace ;
Et que, sans paroître inhumains,
Nous pourrons extirper leur race,
Et laver dans leur sang nos innocentes mains.

Ceux qui verront cette vengeance

Pourront dire avec vérité
Que l'injustice et l'équité
Tour-à-tour ont leur récompense ;
Et qu'il est un Dieu dans les cieux
Dont le bras soutient l'innocence,
Et confond des méchants l'orgueil ambitieux.

ODE VI,

TIRÉE DU PSAUME LXXI.

Idée de la véritable grandeur des rois.

O Dieu, qui, par un choix propice,
Daignâtes élire entre tous
Un homme qui fût parmi nous
L'oracle de votre justice,
Inspirez à ce jeune roi,
Avec l'amour de votre loi
Et l'horreur de la violence,
Cette clairvoyante équité
Qui de la fausse vraisemblance
Sait discerner la vérité.

Que par des jugements sévères
Sa voix assure l'innocent :
Que de son peuple gémissant
Sa main soulage les misères :

Que jamais le mensonge obscur
Des pas de l'homme libre et pur
N'ose à ses yeux souiller la trace ;
Et que le vice fastueux
Ne soit point assis à la place
Du mérite humble et vertueux.

Ainsi du plus haut des montagnes
La paix et tous les dons des cieux ,
Comme un fleuve délicieux ,
Viendront arroser nos campagnes.
Son règne à ses peuples chéris
Sera ce qu'aux champs défleuris
Est l'eau que le ciel leur envoie ;
Et , tant que luira le soleil ,
L'homme , plein d'une sainte joie ,
Le bénira dès son réveil.

Son trône deviendra l'asyle
De l'orphelin persécuté :
Son équitable austérité
Soutiendra le foible pupille.
Le pauvre , sous ce défenseur ,
Ne craindra plus que l'oppresseur
Lui ravisse son héritage ;
Et le champ qu'il aura semé
Ne deviendra plus le partage
De l'usurpateur affamé.

Ses dons , versés avec justice ,

Du pâle calomniateur
Ni du servile adulateur
Ne nourriront point l'avarice ;
Pour eux son front sera glacé.
Le zèle désintéressé,
Seul digne de sa confidence,
Fera renaître pour jamais
Les délices et l'abondance,
Inséparables de la paix.

Alors sa juste renommée,
Répandue au-delà des mers,
Jusqu'aux deux bouts de l'univers
Avec éclat sera semée :
Ses ennemis humiliés
Mettront leur orgueil à ses pieds ;
Et des plus éloignés rivages
Les rois, frappés de sa grandeur,
Viendront par de riches hommages
Briguer sa puissante faveur.

Ils diront : Voilà le modèle
Que doivent suivre tous les rois ;
C'est de la sainteté des lois
Le protecteur le plus fidèle.
L'ambitieux immodéré,
Et des eaux du siècle enivré,
N'ose paroître en sa présence,
Mais l'humble ressent son appui ;

Et les larmes de l'innocence
Sont précieuses devant lui.

De ses triomphantes années
Le temps respectera le cours ;
Et d'un long ordre d'heureux jours
Ses vertus seront couronnées.
Ses vaisseaux, par les vents poussés,
Vogueront des climats glacés
Aux bords de l'ardente Libye :
La mer enrichira ses ports ;
Et pour lui l'heureuse Arabie
Épuisera tous ses trésors.

Tel qu'on voit la tête chenue
D'un chêne, autrefois arbrisseau,
Égaler le plus haut rameau
Du cèdre caché dans la nue :
Tel, croissant toujours en grandeur,
Il égalera la splendeur
Du potentat le plus superbe ;
Et ses redoutables sujets
Se multiplieront comme l'herbe
Autour des humides marais.

Qu'il vive, et que dans leur mémoire
Les rois lui dressent des autels :
Que les cœurs de tous les mortels
Soient les monuments de sa gloire!
Et vous, ô maître des humains,

Qui de vos bienfaisantes mains
Formez les monarques célèbres,
Montrez-vous à tout l'univers ;
Et daignez chasser les ténèbres
Dont nos foibles yeux sont couverts.

ODE VII,

TIRÉE DU PSAUME LXXII.

*Inquiétudes de l'ame sur les voies de la
Providence.*

Q U E la simplicité d'une vertu paisible
Est sûre d'être heureuse en suivant le Seigneur !
Dessillez-vous, mes yeux ; console-toi, mon cœur :
Les voiles sont levés ; sa conduite est visible
    Sur le juste et sur le pécheur.

Pardonne, Dieu puissant, pardonne à ma foiblesse :
A l'aspect des méchants, confus, épouvanté,
Le trouble m'a saisi, mes pas ont hésité :
Mon zèle m'a trahi, Seigneur, je le confesse,
    En voyant leur prospérité.

Cette mer d'abondance où leur ame se noie
Ne craint ni les écueils ni les vents rigoureux

Ils ne partagent point nos fléaux douloureux ;
Ils marchent sur les fleurs, ils nagent dans la joie ;
        Le sort n'ose changer pour eux.

Voilà donc d'où leur vient cette audace intrépide
Qui n'a jamais connu craintes ni repentirs !
Enveloppés d'orgueil, engraissés de plaisirs,
Enivrés de bonheur, ils ne prennent pour guides
        Que leurs plus insensés désirs.

Leur bouche ne vomit qu'injures, que blasphêmes,
Et leur cœur ne nourrit que pensers vicieux :
Ils affrontent la terre, ils attaquent les cieux,
Et n'élèvent leur voix que pour vanter eux-mêmes
        Leurs forfaits les plus odieux.

De là, je l'avoûrai, naissoit ma défiance.
Si sur tous les mortels Dieu tient les yeux ouverts,
Comment, sans les punir, voit-il ces cœurs pervers ?
Et, s'il ne les voit point, comment peut sa science
        Embrasser tout cet univers ?

Tandis qu'un peuple entier les suit et les adore,
Prêt à sacrifier ses jours mêmes aux leurs,
Accablé de mépris, consumé de douleurs,
Je n'ouvre plus mes yeux aux rayons de l'aurore,
        Que pour faire place à mes pleurs.

Ah! c'est donc vainement qu'à ces ames parjures
J'ai toujours refusé l'encens que je te doi !

C'est donc en vain, Seigneur, que, m'attachant à toi,
Je n'ai jamais lavé mes mains simples et pures
    Qu'avec ceux qui suivent ta loi !

C'étoit en ces discours que s'exhaloit ma plainte :
Mais, ô coupable erreur ! ô transports indiscrets !
Quand je parlois ainsi, j'ignorois tes secrets ;
J'offensois tes élus, et je portois atteinte
    A l'équité de tes décrets.

Je croyois pénétrer tes jugements augustes ;
Mais, grand Dieu, mes efforts ont toujours été vains,
Jusqu'à ce qu'éclairé du flambeau de tes saints
J'ai reconnu la fin qu'à ces hommes injustes
    Réservent tes puissantes mains.

J'ai vu que leurs honneurs, leur gloire, leur richesse,
Ne sont que des filets tendus à leur orgueil ;
Que le port n'est pour eux qu'un véritable écueil ;
Et que ces lits pompeux où s'endort leur mollesse
    Ne couvrent qu'un affreux cercueil.

Comment tant de grandeur s'est-elle évanouie ?
Qu'est devenu l'éclat de ce vaste appareil ?
Quoi ! leur clarté s'éteint aux clartés du soleil !
Dans un sommeil profond ils ont passé leur vie ;
    Et la mort a fait leur réveil.

Insensé que j'étois de ne pas voir leur chûte
Dans l'abus criminel de tes dons tout-puissants !

De ma foible raison j'écoutois les accents ;
Et ma raison n'étoit que l'instinct d'une brute ,
　　　Qui ne juge que par les sens.

Cependant, ô mon Dieu ! soutenu de ta grace,
Conduit par ta lumière , appuyé sur ton bras ,
J'ai conservé ma foi dans ces rudes combats :
Mes pieds ont chancelé ; mais enfin de ta trace
　　　Je n'ai point écarté mes pas.

Puis-je assez exalter l'adorable clémence
Du Dieu qui m'a sauvé d'un si mortel danger ?
Sa main contre moi-même a su me protéger ;
Et son divin amour m'offre un bonheur immense
　　　Pour un mal foible et passager.

Que me reste-t-il donc à chérir sur la terre ?
Et qu'ai-je à désirer au céleste séjour ?
La nuit qui me couvroit cède aux clartés du jour :
Mon esprit ni mes sens ne me font plus la guerre ;
　　　Tout est absorbé par l'amour.

Car enfin , je le vois , le bras de sa justice ,
Quoique lent à frapper , se tient toujours levé
Sur ces hommes charnels dont l'esprit dépravé
Ose à de faux objets offrir le sacrifice
　　　D'un cœur pour lui seul réservé.

Laissons-les s'abymer sous leurs propres ruines.
Ne plaçons qu'en Dieu seul nos vœux et notre espoir :

Faisons-nous de l'aimer un éternel devoir ;
Et publions partout les merveilles divines
De son infaillible pouvoir.

ODE VIII,

TIRÉE DU PSAUME LXXV,

et appliquée à la dernière guerre des Turcs.

Quelle est la véritable reconnoissance que Dieu exige
des hommes.

Le Seigneur est connu dans nos climats paisibles :
Il habite avec nous ; et ses secours visibles
Ont de son peuple heureux prévenu les souhaits.
Ce Dieu, de ses faveurs nous comblant à toute heure,
        A fait de sa demeure
        La demeure de paix.

Du haut de la montagne où sa grandeur réside,
Il a brisé la lance et l'épée homicide
Sur qui l'impiété fondoit son ferme appui.
Le sang des étrangers a fait fumer la terre ;
        Et le feu de la guerre
        S'est éteint devant lui.

Une affreuse clarté dans les airs répandue

A jeté la frayeur dans leur troupe éperdue :
Par l'effroi de la mort ils se sont dissipés ;
Et l'éclat foudroyant des lumières célestes
     A dispersé leurs restes
     Aux glaives échappés.

Insensés, qui, remplis d'une vapeur légère,
Ne prenez pour conseil qu'une ombre mensongère
Qui vous peint des trésors chimériques et vains,
Le réveil suit de près vos trompeuses ivresses ;
     Et toutes vos richesses
     S'écoulent de vos mains.

L'ambition guidoit vos escadrons rapides ;
Vous dévoriez déja, dans vos courses avides,
Toutes les régions qu'éclaire le soleil :
Mais le Seigneur se lève ; il parle, et sa menace
     Convertit votre audace
     En un morne sommeil.

O Dieu, que ton pouvoir est grand et redoutable !
Qui pourra se cacher au trait inévitable
Dont tu poursuis l'impie au jour de ta fureur ?
A punir les méchants ta colère fidèle
     Fait marcher devant elle
     La mort et la terreur.

Contre ces inhumains tes jugements augustes
S'élèvent pour sauver les humbles et les justes
Dont le cœur devant toi s'abaisse avec respect.

Ta justice paroît, de feux étincelante;
  Et la terre tremblante
  S'arrête à ton aspect.

Mais ceux pour qui ton bras opère ces miracles
N'en cueilleront le fruit qu'en suivant tes oracles,
En bénissant ton nom, en pratiquant ta loi.
Quel encens est plus pur qu'un si saint exercice!
  Quel autre sacrifice
  Seroit digne de toi!

Ce sont là les présents, grand Dieu, que tu demandes,
Peuples, ce ne sont point vos pompeuses offrandes
Qui le peuvent payer de ses dons immortels:
C'est par une humble foi, c'est par un amour tendre,
  Que l'homme peut prétendre
  D'honorer ses autels.

Venez donc adorer le Dieu saint et terrible
Qui vous a délivrés par sa force invincible
Du joug que vous avez redouté tant de fois,
Qui d'un souffle détruit l'orgueilleuse licence,
  Relève l'innocence,
  Et terrasse les rois.

ODE IX,

TIRÉE DU PSAUME XC.

Que rien ne peut troubler la tranquillité de ceux qui s'assurent en Dieu.

C ELUI qui mettra sa vie
Sous la garde du Très-Haut
Repoussera de l'envie
Le plus dangereux assaut.
Il dira : Dieu redoutable,
C'est dans ta force indomptable
Que mon espoir est remis :
Mes jours sont ta propre cause ;
Et c'est toi seul que j'oppose
A mes jaloux ennemis.

Pour moi, dans ce seul asyle,
Par ses secours tout-puissants,
Je brave l'orgueil stérile
De mes rivaux frémissants.
En vain leur fureur m'assiége ·
Sa justice rompt le piége
De ces chasseurs obstinés ;
Elle confond leur adresse,

Et garantit ma foiblesse
De leurs dards empoisonnés.

O toi que ces cœurs féroces
Comblent de crainte et d'ennui,
Contre leurs complots atroces
Ne cherche point d'autre appui.
Que sa vérité propice
Soit contre leur artifice
Ton plus invincible mur ;
Que son aile tutélaire
Contre leur âpre colère
Soit ton rempart le plus sûr.

Ainsi, méprisant l'atteinte
De leurs traits les plus perçants,
Du froid poison de la crainte
Tu verras tes jours exempts ;
Soit que le jour sur la terre
Vienne éclairer de la guerre
Les implacables fureurs ;
Ou soit que la nuit obscure
Répande dans la nature
Ses ténébreuses horreurs.

Quels effroyables abymes
S'entr'ouvrent autour de moi !
Quel déluge de victimes
S'offre à mes yeux pleins d'effroi !
Quelle épouvantable image

De morts, de sang, de carnage,
Frappe mes regards tremblants !
Et quels glaives invisibles
Percent de coups si terribles
Ces corps pâles et sanglants ?

Mon cœur, sois en assurance,
Dieu se souvient de ta foi ;
Les fléaux de sa vengeance
N'approcheront point de toi :
Le juste est invulnérable :
De son bonheur immuable
Les anges sont les garants ;
Et toujours leurs mains propices
A travers les précipices
Conduisent ses pas errants.

Dans les routes ambiguës
Du bois le moins fréquenté,
Parmi les ronces aiguës
Il chemine en liberté ;
Nul obstacle ne l'arrête,
Ses pieds écrasent la tête
Du dragon et de l'aspic ;
Il affronte avec courage
La dent du lion sauvage
Et les yeux du basilic.

Si quelques vaines foiblesses
Troublent ses jours triomphants,

Il se souvient des promesses
Que Dieu fait à ses enfants.
A celui qui m'est fidèle,
Dit la sagesse éternelle,
J'assurerai mes secours;
Je raffermirai sa voie,
Et dans des torrents de joie
Je ferai couler ses jours.

Dans ses fortunes diverses
Je viendrai toujours à lui;
Je serai dans ses traverses
Son inséparable appui:
Je le comblerai d'années
Paisibles et fortunées;
Je bénirai ses desseins:
Il vivra dans ma mémoire,
Et partagera la gloire
Que je réserve à mes saints.

ODE X,

TIRÉE DU PSAUME XCIII.

Que la justice divine est présente à toutes nos actions.

Paroissez, roi des rois; venez, juge suprême,
Faire éclater votre courroux

Contre l'orgueil et le blasphême
De l'impie armé contre vous.
Le Dieu de l'univers est le Dieu des vengeances :
Le pouvoir et le droit de punir les offenses
N'appartient qu'à ce Dieu jaloux.

Jusques à quand, Seigneur, souffrirez-vous l'ivresse
De ces superbes criminels
De qui la malice transgresse
Vos ordres les plus solennels,
Et dont l'impiété barbare et tyrannique
Au crime ajoute encor le mépris ironique
De vos préceptes éternels ?

Ils ont sur votre peuple exercé leur furie ;
Ils n'ont pensé qu'à l'affliger :
Ils ont semé dans leur patrie
L'horreur, le trouble et le danger :
Ils ont de l'orphelin envahi l'héritage ;
Et leur main sanguinaire a déployé sa rage
Sur la veuve et sur l'étranger.

Ne songeons, ont-ils dit, quelque prix qu'il en coûte,
Qu'à nous ménager d'heureux jours :
Du haut de la céleste voûte
Dieu n'entendra pas nos discours :
Nos offenses par lui ne seront point punies ;
Il ne les verra point ; et de nos tyrannies
Il n'arrêtera pas le cours.

Quel charme vous séduit, quel démon vous conseille,
   Hommes imbécilles et fous ?
   Celui qui forma votre oreille
   Sera sans oreilles pour vous !
Celui qui fit vos yeux ne verra point vos crimes !
Et celui qui punit les rois les plus sublimes
   Pour vous seuls retiendra ses coups !

Il voit, n'en doutez plus, il entend toute chose;
   Il lit jusqu'au fond de vos cœurs.
   L'artifice en vain se propose
   D'éluder ses arrêts vengeurs ;
Rien n'échappe aux regards de ce juge sévère :
Le repentir lui seul peut calmer sa colère,
   Et fléchir ses justes rigueurs.

Ouvrez, ouvrez les yeux, et laissez-vous conduire
   Aux divins rayons de sa foi.
   Heureux celui qu'il daigne instruire
   Dans la science de sa loi !
C'est l'asyle du juste ; et la simple innocence
Y trouve son repos, tandis que la licence
   N'y trouve qu'un sujet d'effroi.

Qui me garantira des assauts de l'envie ?
   Sa fureur n'a pu s'attendrir.
   Si vous n'aviez sauvé ma vie,
   Grand Dieu, j'étois près de périr.
Je vous ai dit : Seigneur, ma mort est infaillible;
Je succombe. Aussitôt votre bras invincible
   S'est armé pour me secourir.

Non, non, c'est vainement qu'une main sacrilége
    Contre moi décoche ses traits ;
    Votre trône n'est point un siége
    Souillé par d'injustes décrets :
Vous ne ressemblez point à ces rois implacables
Qui ne font exercer leurs lois impraticables
    Que pour accabler leurs sujets.

Toujours à vos élus l'envieuse malice
    Tendra ses filets captieux :
    Mais toujours votre loi propice
    Confondra les audacieux.
Vous anéantirez ceux qui nous font la guerre;
Et si l'impiété nous juge sur la terre ,
    Vous la jugerez dans les cieux.

ODE XI,

TIRÉE DU PSAUME XCVI,

et appliquée au jugement dernier.

Misère des réprouvés. Félicité des élus.

Peuples, élevez vos concerts ;
Poussez des cris de joie et des chants de victoire;
    Voici le roi de l'univers
Qui vient faire éclater son triomphe et sa gloire.

La justice et la vérité
Servent de fondements à son trône terrible ;
Une profonde obscurité
Aux regards des humains le rend inaccessible.

Les éclairs, les feux dévorants,
Font luire devant lui leur flamme étincelante ;
Et ses ennemis expirants
Tombent de toutes parts sous sa foudre brûlante.

Pleine d'horreur et de respect,
La terre a tressailli sur ses voûtes brisées :
Les monts, fondus à son aspect,
S'écoulent dans le sein des ondes embrasées.

De ses jugements redoutés
La trompette céleste a porté le message ;
Et dans les airs épouvantés
En ces terribles mots sa voix s'ouvre un passage :

Soyez à jamais confondus,
Adorateurs impurs de profanes idoles,
Vous qui, par des vœux défendus,
Invoquez de vos mains les ouvrages frivoles.

Ministres de mes volontés,
Anges, servez contre eux ma fureur vengeresse.
Vous, mortels que j'ai rachetés,
Redoublez à ma voix vos concerts d'alégresse

C'est moi qui, du plus haut des cieux,
Du monde que j'ai fait règle les destinées :
     C'est moi qui brise ses faux dieux,
Misérables jouets des vents et des années.

     Par ma présence raffermis,
Méprisez du méchant la haine et l'artifice :
     L'ennemi de vos ennemis
A détourné sur eux les traits de leur malice.

     Conduits par mes vives clartés,
Vous n'avez écouté que mes lois adorables :
     Jouissez des félicités
Qu'ont mérité pour vous mes bontés secourables.

     Venez donc, venez en ce jour
Signaler de vos cœurs l'humble reconnoissance ;
     Et, par un respect plein d'amour,
Sanctifiez en moi votre réjouissance.

ODE XII,

TIRÉE DU PSAUME CXIX.

Contre les calomniateurs.

Dans ces jours destinés aux larmes,
Où mes ennemis en fureur

Aiguisoient contre moi les armes
De l'imposture et de l'erreur,
Lorsqu'une coupable licence
Empoisonnoit mon innocence,
Le Seigneur fut mon seul recours.
J'implorai sa toute-puissance,
Et sa main vint à mon secours.

O Dieu, qui punis les outrages
Que reçoit l'humble vérité,
Venge-toi : détruis les ouvrages
De ces lèvres d'iniquité :
Et confonds cet homme parjure
Dont la bouche non moins impure
Publie, avec légèreté,
Les mensonges que l'imposture
Invente avec malignité.

Quel rempart, quelle autre barrière
Pourra défendre l'innocent
Contre la fraude meurtrière
De l'impie adroit et puissant ?
Sa langue aux feintes préparée
Ressemble à la flèche acérée
Qui part et frappe en un moment :
C'est un feu léger dès l'entrée,
Que suit un long embrasement.

Hélas ! dans quel climat sauvage
Ai-je si long-temps habité !

Quel exil ! quel affreux rivage !
Quels asyles d'impiété !
Cédar, où la fourbe et l'envie
Contre ma vertu poursuivie
Se déchaînèrent si long-temps ,
A quels maux ont livré ma vie
Tes sacrilèges habitants !

J'ignorois la trame invisible
De leurs pernicieux forfaits ;
Je vivois tranquille et paisible
Chez les ennemis de la paix :
Et lorsqu'exempt d'inquiétude
Je faisois mon unique étude
De ce qui pouvoit les flatter ,
Leur détestable ingratitude
S'armoit pour me persécuter.

ODE XIII,

TIRÉE DU PSAUME CXLIII.

Image du bonheur temporel des méchants.

Béni soit le Dieu des armées
Qui donne la force à mon bras ,
Et par qui mes mains sont formées
Dans l'art pénible des combats !

De sa clémence inépuisable
Le secours prompt et favorable
A fini mes oppressions :
En lui j'ai trouvé mon asyle ;
Et par lui d'un peuple indocile
J'ai dissipé les factions.

Qui suis-je, vile créature !
Qui suis-je, Seigneur ! et pourquoi
Le souverain de la nature
S'abaisse-t-il jusques à moi ?
L'homme en sa course passagère
N'est rien qu'une vapeur légère
Que le soleil fait dissiper :
Sa clarté n'est qu'une nuit sombre ;
Et ses jours passent comme une ombre
Que l'œil suit et voit échapper.

Mais quoi ! les périls qui m'obsèdent
Ne sont point encore passés !
De nouveaux ennemis succèdent
A mes ennemis terrassés !
Grand Dieu, c'est toi que je réclame :
Lève ton bras, lance ta flamme,
Abaisse la hauteur des cieux ;
Et viens sur leur voûte enflammée,
D'une main de foudres armée,
Frapper ces monts audacieux.

Objet de mes humbles cantiques,

Seigneur, je t'adresse ma voix :
Toi dont les promesses antiques
Furent toujours l'espoir des rois,
Toi de qui les secours propices,
A travers tant de précipices,
M'ont toujours garanti d'effroi,
Conserve aujourd'hui ton ouvrage,
Et daigne détourner l'orage
Qui s'apprête à fondre sur moi.

Arrête cet affreux déluge
Dont les flots vont me submerger :
Sois mon vengeur, sois mon refuge
Contre les fils de l'étranger :
Venge-toi d'un peuple infidèle
De qui la bouche criminelle
Ne s'ouvre qu'à l'impiété,
Et dont la main vouée au crime
Ne connoît rien de légitime
Que le meurtre et l'iniquité.

Ces hommes, qui n'ont point encore
Éprouvé la main du Seigneur,
Se flattent que Dieu les ignore,
Et s'enivrent de leur bonheur.
Leur postérité florissante,
Ainsi qu'une tige naissante,
Croît et s'élève sous leurs yeux,
Leurs filles couronnent leurs têtes

De tout ce qu'en nos jours de fêtes
Nous portons de plus précieux.

De leurs grains les granges sont pleines,
Leurs celliers regorgent de fruits :
Leurs troupeaux, tout chargés de laines,
Sont incessamment reproduits :
Pour eux la fertile rosée
Tombant sur la terre embrasée
Rafraîchit son sein altéré ;
Et pour eux le flambeau du monde
Nourrit d'une chaleur féconde
Le germe en ses flancs resserré.

Le calme règne dans leurs villes ;
Nul bruit n'interrompt leur sommeil :
On ne voit point leurs toits fragiles
Ouverts aux rayons du soleil.
C'est ainsi qu'ils passent leur âge.
Heureux, disent-ils, le rivage
Où l'on jouit d'un tel bonheur !
Qu'ils restent dans leur rêverie :
Heureuse la seule patrie
Où l'on adore le Seigneur [1]

ODE XIV,

TIRÉE DU PSAUME CXLV.

Foiblesse des hommes. Grandeur de Dieu.

Mon ame, louez le Seigneur ;
Rendez un légitime honneur
A l'objet éternel de vos justes louanges.
Oui, mon Dieu, je veux désormais
Partager la gloire des anges,
Et consacrer ma vie à chanter vos bienfaits.

Renonçons au stérile appui
Des grands qu'on implore aujourd'hui ;
Ne fondons point sur eux une espérance folle.
Leur pompe, indigne de nos vœux,
N'est qu'un simulacre frivole ;
Et les solides biens ne dépendent pas d'eux.

Comme nous, esclaves du sort,
Comme nous, jouets de la mort,
La terre engloutira leurs grandeurs insensées ;
Et périront en même jour
Ces vastes et hautes pensées
Qu'adorent maintenant ceux qui leur font la cour.

Dieu seul doit faire notre espoir;
Dieu, de qui l'immortel pouvoir
Fit sortir du néant le ciel, la terre, et l'onde;
Et qui, tranquille au haut des airs,
Anima d'une voix féconde
Tous les êtres semés dans ce vaste univers.

Heureux qui du ciel occupé,
Et d'un faux éclat détrompé,
Met de bonne heure en lui toute son espérance!
Il protège la vérité,
Et saura prendre la défense
Du juste que l'impie aura persécuté.

C'est le Seigneur qui nous nourrit;
C'est le Seigneur qui nous guérit:
Il prévient nos besoins; il adoucit nos gênes;
Il assure nos pas craintifs;
Il délie, il brise nos chaînes;
Et nos tyrans par lui deviennent nos captifs.

Il offre au timide étranger
Un bras prompt à le protéger;
Et l'orphelin en lui retrouve un second père:
De la veuve il devient l'époux;
Et par un châtiment sévère
Il confond les pécheurs conjurés contre nous.

Les jours des rois sont dans sa main;
Leur règne est un règne incertain,

Dont le doigt du Seigneur a marqué les limites ;
　　Mais de son règne illimité
　　Les bornes ne seront prescrites
Ni par la fin des temps , ni par l'éternité.

~~~~~~

ODE XV,

TIRÉE DU CANTIQUE D'ÉZÉCHIAS.

Isaïe , chapitre 38.

Pour une personne convalescente.

J'ai vu mes tristes journées
Décliner vers leur penchant ;
Au midi de mes années
Je touchois à mon couchant :
La mort , déployant ses ailes ,
Couvroit d'ombres éternelles
La clarté dont je jouis ;
Et , dans cette nuit funeste ,
Je cherchois en vain le reste
De mes jours évanouis.

Grand Dieu , votre main réclame
Les dons que j'en ai reçus ;
Elle vient couper la trame
Des jours qu'elle m'a tissus .

Mon dernier soleil se lève ;
Et votre souffle m'enlève
De la terre des vivants ,
Comme la feuille séchée,
Qui , de sa tige arrachée ,
Devient le jouet des vents.

Comme un tigre impitoyable ,
Le mal a brisé mes os ;
Et sa rage insatiable
Ne me laisse aucun repos.
Victime foible et tremblante ,
A cette image sanglante
Je soupire nuit et jour ;
Et , dans ma crainte mortelle,
Je suis comme l'hirondelle
Sous les griffes du vautour.

Ainsi , de cris et d'alarmes
Mon mal sembloit se nourrir ;
Et mes yeux , noyés de larmes ,
Étoient lassés de s'ouvrir.
Je disois à la nuit sombre :
O nuit, tu vas dans ton ombre
M'ensevelir pour toujours !
Je redisois à l'aurore :
Le jour que tu fais éclore
Est le dernier de mes jours !

Mon ame est dans les ténèbres,

Mes sens sont glacés d'effroi :
Écoutez mes cris funèbres ,
Dieu juste , répondez-moi.
Mais enfin sa main propice
A comblé le précipice
Qui s'entr'ouvroit sous mes pas :
Son secours me fortifie ,
Et me fait trouver la vie
Dans les horreurs du trépas.

Seigneur , il faut que la terre
Connoisse en moi vos bienfaits :
Vous ne m'avez fait la guerre
Que pour me donner la paix.
Heureux l'homme à qui la grace
Départ ce don efficace
Puisé dans ses saints trésors ,
Et qui , rallumant sa flamme ,
Trouve la santé de l'ame
Dans les souffrances du corps !

C'est pour sauver la mémoire
De vos immortels secours ,
C'est pour vous , pour votre gloire ,
Que vous prolongez nos jours.
Non , non , vos bontés sacrées
Ne seront point célébrées
Dans l'horreur des monuments :
La mort , aveugle et muette ,

Ne sera point l'interprète
De vos saints commandements.

Mais ceux qui de sa menace,
Comme moi, sont rachetés
Annonceront à leur race
Vos célestes vérités.
J'irai, Seigneur, dans vos temples
Réchauffer par mes exemples
Les mortels les plus glacés,
Et, vous offrant mon hommage,
Leur montrer l'unique usage
Des jours que vous leur laissez.

ODES.

LIVRE SECOND.

———◦◦◦———

ODE PREMIÈRE.

Sur la naissance de monseigneur le duc de Bretagne.

Descends de la double colline,
Nymphe dont le fils amoureux
Du sombre époux de Proserpine
Sut fléchir le cœur rigoureux :
Viens servir l'ardeur qui m'inspire
Déesse, prête-moi ta lyre,
Ou celle de ce Grec vanté (1)
Dont l'impitoyable Alexandre,
Au milieu de Thèbes en cendre,
Respecta la postérité.

———

(1) Pindare.

Quel dieu propice nous ramène
L'espoir que nous avions perdu ?
Un fils de Thétis ou d'Alcmène
Par le ciel nous est-il rendu ?
N'en doutons point, le ciel sensible
Veut réparer le coup terrible
Qui nous fit verser tant de pleurs.
Hâtez-vous, ô chaste Lucine ;
Jamais plus illustre origine
Ne fut digne de vos faveurs.

Peuples, voici le premier gage
Des biens qui vous sont préparés :
Cet enfant est l'heureux présage
Du repos que vous desirez.
Les premiers instants de sa vie
De la discorde et de l'envie
Verront éteindre le flambeau :
Il renversera leurs trophées ;
Et leurs couleuvres étouffées
Seront les jeux de son berceau.

Ainsi, durant la nuit obscure,
De Vénus l'étoile nous luit,
Favorable et brillant augure
De l'éclat du jour qui la suit :
Ainsi, dans le fort des tempêtes,
Nous voyons briller sur nos têtes
Ces feux amis des matelots,
Présage de la paix profonde

Que le dieu qui règne sur l'onde
Va rendre à l'empire des flots.

Quel monstre de carnage avide
S'est emparé de l'univers ?
Quelle impitoyable Euménide
De ses feux infecte les airs ?
Quel dieu souffle en tous lieux la guerre,
Et semble à dépeupler la terre
Exciter nos sanglantes mains ?
Mégère, des enfers bannie,
Est-elle aujourd'hui le génie
Qui préside au sort des humains ?

Arrête, furie implacable ;
Le ciel veut calmer ses rigueurs :
Les feux d'une haine coupable
N'ont que trop embrasé nos cœurs.
Aimable paix, vierge sacrée,
Descends de la voûte azurée ;
Viens voir tes temples relevés ;
Et ramène au sein de nos villes
Ces dieux bienfaisants et tranquilles
Que nos crimes ont soulevés.

Mais quel souffle divin m'enflamme ?
D'où naît cette soudaine horreur ?
Un dieu vient échauffer mon ame
D'une prophétique fureur.
Loin d'ici, profane vulgaire !

Apollon m'inspire et m'éclaire ;
C'est lui, je le vois, je le sens ;
Mon cœur cède à sa violence :
Mortels, respectez sa présence,
Prêtez l'oreille à mes accents.

Les temps prédits par la Sibylle
A leur terme sont parvenus :
Nous touchons au règne tranquille
Du vieux Saturne et de Janus :
Voici la saison desirée
Où Thémis et sa sœur Astrée,
Rétablissant leurs saints autels,
Vont ramener ces jours insignes
Où nos vertus nous rendoient digne,
Du commerce des immortels.

Où suis-je ? quel nouveau miracle
Tient encor mes sens enchantés ?
Quel vaste, quel pompeux spectacle
Frappe mes yeux épouvantés ?
Un nouveau monde vient d'éclore
L'univers se reforme encore
Dans les abymes du chaos ;
Et, pour réparer ses ruines,
Je vois des demeures divines
Descendre un peuple de héros.

Les éléments cessent leur guerre ;
Les cieux ont repris leur azur ;

Un feu sacré purge la terre
De tout ce qu'elle avoit d'impur :
On ne craint plus l'herbe mortelle ;
Et le crocodile infidèle
Du Nil ne trouble plus les eaux :
Les lions dépouillent leur rage,
Et dans le même pâturage
Bondissent avec les troupeaux.

C'est ainsi que la main des Parques
Va nous filer ce siècle heureux
Qui du plus sage des monarques
Doit couronner les justes vœux.
Espérons des jours plus paisibles :
Les dieux ne sont point inflexibles,
Puisqu'ils punissent nos forfaits.
Dans leurs rigueurs les plus austères,
Souvent leurs fléaux salutaires
Sont un gage de leurs bienfaits.

Le ciel dans une nuit profonde
Se plaît à nous cacher ses lois :
Les rois sont les maîtres du monde ;
Les dieux sont les maîtres des rois.
Valeur, activité, prudence,
Des décrets de leur providence
Rien ne change l'ordre arrêté ;
Et leur règle constante et sûre
Fait seule ici bas la mesure
Des biens et de l'adversité.

Mais que fais-tu, Muse insensée ?
Où tend ce vol ambitieux ?
Oses-tu porter ta pensée
Jusques dans le conseil des dieux ?
Réprime une ardeur périlleuse :
Ne va point, d'une aile orgueilleuse,
Chercher ta perte dans les airs ;
Et, par des routes inconnues
Suivant Icare au haut des nues,
Crains de tomber au fond des mers.

Si pourtant quelque esprit timide,
Du Pinde ignorant les détours,
Opposoit les règles d'Euclide
Au désordre de mes discours ;
Qu'il sache qu'autrefois Virgile
Fit, même aux Muses de Sicile,
Approuver de pareils transports ;
Et qu'enfin cet heureux délire
Peut seul des maîtres de la lyre
Immortaliser les accords.

ODE II.

A M. L'ABBÉ D. C.

A B B É chéri des neuf sœurs,
Qui dans ta philosophie

Sais faire entrer les douceurs
Du commerce de la vie,
Tandis qu'en nombres impairs
Je te trace ici les vers
Que m'a dictés mon caprice,
Que fais-tu dans ces déserts
Qu'enferme ton bénéfice ?

Vas-tu, dès l'aube du jour,
Secondé d'un plomb rapide,
Ensanglanter le retour
De quelque lièvre timide ?
Ou chez tes moines tondus,
A t'ennuyer assidus,
Cherches-tu quelques vieux titres,
Qui, dans ton trésor perdus,
Se retrouvent sur leurs vitres ?

Mais non, je te connois mieux.
Tu sais trop bien que le sage
De son loisir studieux
Doit faire un plus noble usage,
Et, justement enchanté
De la belle antiquité,
Chercher dans son sein fertile
La solide volupté,
Le vrai, l'honnête, et l'utile.

Toutefois de ton esprit
Bannis l'erreur générale

Qui jadis en maint écrit
Plaça la saine morale :
On abuse de son nom.
Le chantre d'Agamemnon
Sut nous tracer dans son livre,
Mieux que Chrysippe et Zénon,
Quel chemin nous devons suivre.

Homère adoucit mes mœurs
Par ses riantes images :
Sénèque aigrit mes humeurs
Par ses préceptes sauvages.
En vain, d'un ton de rhéteur,
Épictète à son lecteur
Prêche le bonheur suprême ;
J'y trouve un consolateur
Plus affligé que moi - même.

Dans son flegme simulé
Je découvre sa colère ;
J'y vois un homme accablé
Sous le poids de sa misère :
Et, dans tous ces beaux discours
Fabriqués durant le cours
De sa fortune maudite,
Vous reconnoissez toujours
L'esclave d'Épaphrodite.

Mais je vois déja d'ici
Frémir tout le zénonisme

D'entendre traiter ainsi
Un des saints du paganisme.
Pardon : mais, en vérité,
Mon Apollon révolté
Lui devoit ce témoignage
Pour l'ennui que m'a coûté
Son insupportable ouvrage.

De tout semblable pédant
Le commerce communique
Je ne sais quoi de mordant,
De farouche, et de cynique
O le plaisant avertin
D'un fou du pays latin,
Qui se travaille et se gêne,
Pour devenir à la fin
Sage comme Diogène !

Je ne prends point pour vertu
Les noirs accès de tristesse
D'un loup - garou revêtu
Des habits de la sagesse :
Plus légère que le vent,
Elle fuit d'un faux savant
La sombre mélancolie,
Et se sauve bien souvent
Dans les bras de la folie.

La vertu du vieux Caton,
Chez les Romains tant prônée,

Étoit souvent, nous dit-on,
De Falerne enluminée.
Toujours ces sages hagards,
Maigres, hideux et blafards,
Sont souillés de quelque opprobre :
Et du premier des Césars
L'assassin fut homme sobre.

Dieu bénisse nos dévots !
Leur ame est vraiment loyale.
Mais jadis les grands pivots
De la ligue anti-royale,
Les Lincestres, les Aubris,
Qui contre les deux Henris
Prêchoient tant la populace,
S'occupoient peu des écrits
D'Anacréon et d'Horace.

Crois-moi, fais de leurs chansons
Ta plus importante étude ;
A leurs aimables leçons
Consacre ta solitude ;
Et, par Sonning rappelé
Sur ce rivage émaillé
Où Neuilli borde la Seine,
Reviens au vin d'Auvilé
Mêler les eaux d'Hippocrène.

ODE III.

A M. DE CAUMARTIN,

Conseiller d'état, et intendant des finances.

Digne et noble héritier des premières vertus
Qu'on adora jadis sous l'empire de Rhée ;
Vous qui dans le palais de l'aveugle Plutus
    Osâtes introduire Astrée ;

Fils d'un père fameux qui, même à nos frondeurs,
Par sa dextérité fit respecter son zèle,
Et, nouvel Atticus, sut captiver leurs cœurs,
    En demeurant sujet fidèle ;

Renoncez pour un temps aux travaux de Thémis :
Venez voir ces côteaux enrichis de verdure,
Et ces bois paternels, où l'art, humble et soumis,
    Laisse encor réguer la nature.

Les Hyades, Vertumne, et l'humide Orion,
Sur la terre embrasée ont versé leurs largesses ;
Et Bacchus, échappé des fureurs du Lion,
    Songe à vous tenir ses promesses.

O rivages chéris, vallons aimés des cieux,

D'où jamais n'approcha la tristesse importune,
Et dont le possesseur, tranquille et glorieux,
    Ne rougit point de sa fortune !

Trop heureux qui du champ par ses pères laissé
Peut parcourir au loin les limites antiques,
Sans redouter les cris de l'orphelin chassé
    Du sein de ses dieux domestiques !

Sous des lambris dorés l'injuste ravisseur
Entretient le vautour dont il est la victime.
Combien peu de mortels connoissent la douceur
    D'un bonheur pur et légitime !

Jouissez en repos de ce lieu fortuné :
Le calme et l'innocence y tiennent leur empire ;
Et des soucis affreux le souffle empoisonné
    N'y corrompt point l'air qu'on respire.

Pan, Diane, Apollon, les Faunes, les Sylvains,
Peuplent ici vos bois, vos vergers, vos montagnes.
La ville est le séjour des profanes humains ;
    Les dieux règnent dans les campagnes.

C'est là que l'homme apprend leurs mystères secrets,
Et que, contre le sort munissant sa foiblesse,
Il jouit de lui-même, et s'abreuve à longs traits
    Dans les sources de la sagesse.

C'est là que ce Romain dont l'éloquente voix

D'un joug presque certain sauva sa république
Fortifioit son cœur dans l'étude des lois
    Et du Lycée et de Portique.

Libre des soins publics qui le faisoient rêver,
Sa main du consulat laissoit aller les rênes ;
Et, courant à Tuscule, il alloit cultiver
    Les fruits de l'école d'Athènes.

ODE IV.

A M. D'USSÉ.

Esprit né pour servir d'exemple
Aux cœurs de la vertu frappés,
Qui sans guide as pu de son temple
Franchir les chemins escarpés,
Cher d'Ussé, quelle inquiétude
Te fait une triste habitude
Des ennuis et de la douleur ?
Et, ministre de ton supplice,
Pourquoi, par un sombre caprice,
Veux-tu seconder ton malheur ?

Chasse cet ennui volontaire
Qui tient ton esprit dans les fers,
Et que dans une ame vulgaire

Jette l'épreuve des revers ;
Fais tête au malheur qui t'opprime :
Qu'une espérance légitime
Te munisse contre le sort.
L'air siffle , une horrible tempête
Aujourd'hui gronde sur ta tête ;
Demain tu seras dans le port.

Toujours la mer n'est pas en butte
Aux ravages des aquilons ;
Toujours les torrents par leur chute
Ne désolent pas nos vallons.
Les disgraces désespérées ,
Et de nul espoir tempérées ,
Sont affreuses à soutenir ;
Mais leur charge est moins importune
Lorsqu'on gémit d'une infortune
Qu'on espère de voir finir.

Un jour , le souci qui te ronge ,
En un doux repos transformé ,
Ne sera plus pour toi qu'un songe
Que le réveil aura calmé.
Espère donc avec courage.
Si le pilote craint l'orage
Quand Neptune enchaîne les flots ,
L'espoir du calme le rassure
Quand les vents et la nue obscure
Glacent le cœur des matelots.

Je sais qu'il est permis au sage
Par les disgraces combattu
De souhaiter pour apanage
La fortune après la vertu.
Mais, dans un bonheur sans mélange,
Souvent cette vertu se change
En une honteuse langueur :
Autour de l'aveugle richesse
Marchent l'orgueil et la rudesse
Que suit la dureté du cœur.

Non que ta sagesse, endormie
Au temps de tes prospérités,
Eût besoin d'être raffermie
Par de dures fatalités ;
Ni que ta vertu peu fidèle
Eût jamais choisi pour modèle
Ce fou superbe et ténébreux
Qui, gonflé d'une fierté basse,
N'a jamais eu d'autre disgrace
Que de n'être point malheureux.

Mais si les maux et la tristesse
Nous sont des secours superflus
Quand des bornes de la sagesse
Les biens ne nous ont point exclus,
Ils nous font trouver plus charmante
Notre félicité présente
Comparée au malheur passé ;
Et leur influence tragique

Réveille un bonheur léthargique
Que rien n'a jamais traversé.

Ainsi que le cours des années
Se forme des jours et des nuits,
Le cercle de nos destinées
Est marqué de joie et d'ennuis.
Le ciel, par un ordre équitable,
Rend l'un à l'autre profitable;
Et, dans ces inégalités,
Souvent sa sagesse suprême
Sait tirer notre bonheur même
Du sein de nos calamités.

Pourquoi d'une plainte importune
Fatiguer vainement les airs?
Aux jeux cruels de la fortune
Tout est soumis dans l'univers.
Jupiter fit l'homme semblable
A ces deux jumeaux que la fable
Plaça jadis au rang des dieux;
Couple de déités bizarre,
Tantôt habitants du Ténare,
Et tantôt citoyens des cieux.

Ainsi de douceurs en supplices
Elle nous promène à son gré.
Le seul remède à ses caprices.
C'est de s'y tenir préparé,
De la voir du même visage

Qn'une courtisane volage,
Indigne de nos moindres soins
Qui nous trahit par imprudence,
Et qui revient, par inconstance,
Lorsque nous y pensons le moins.

~~~~~~

ODE V.

A M. DUCHÉ,

Dans le temps qu'il travailloit à sa tragédie de Débora.

TANDIS que, dans la solitude
Où le destin m'a confiné,
J'endors, par la douce habitude
D'une oisive et facile étude,
L'ennui dont je suis lutiné,

Un sublime essor te ramène
A la cour des sœurs d'Apollon ;
Et bientôt avec Melpomène
Tu vas d'un nouveau phénomène
Éclairer le sacré vallon.

O que ne puis-je, sur les ailes
Dont Dédale fut possesseur,
Voler aux lieux où tu m'appelles,

Et de tes chansons immortelles
Partager l'aimable douceur !

Mais une invincible contrainte,
Malgré moi, fixe ici mes pas :
Tu sais quel est ce labyrinthe,
Et que, pour aller à Corinthe,
Le desir seul ne suffit pas.

Toutefois les froides soirées
Commencent d'abréger le jour,
Vertumne a changé ses livrées ;
Et nos campagnes labourées
Me flattent d'un prochain retour.

Déja le départ des Pléiades
A fait retirer les nochers ;
Et déja les tristes Hyades
Forcent les frilleuses Dryades
De chercher l'abri des rochers.

Le volage amant de Clytie
Ne caresse plus nos climats ;
Et bientôt des monts de Scythie
Le fougueux époux d'Orythie
Va nous ramener les frimas.

Ainsi, dès que le Sagittaire
Viendra rendre nos champs déserts,
J'irai, secret dépositaire,

Près de ton foyer solitaire,
Jouir de tes savants concerts.

En attendant, puissent leurs charmes,
Apaisant le mal qui t'aigrit,
Dissiper tes vaines alarmes,
Et tarir la source des larmes
D'une épouse qui te chérit!

Je sais que la fièvre et l'automne
Pourroient mettre Hercule aux abois :
Mais, si ma conjecture est bonne,
La fièvre dont ton cœur frissonne
Est la plus fâcheuse des trois.

ODE VI.

A LA FORTUNE.

Fortune, dont la main couronne
Les forfaits les plus inouis,
Du faux éclat qui t'environne
Serons-nous toujours éblouis ?
Jusques à quand, trompeuse idole,
D'un culte honteux et frivole
Honorerons-nous tes autels ?
Verra-t-on toujours tes caprices

Consacrés par les sacrifices
Et par l'hommage des mortels ?

Le peuple, dans ton moindre ouvrage
Adorant la prospérité,
Te nomme grandeur de courage,
Valeur, prudence, fermeté :
Du titre de vertu suprême
Il dépouille la vertu même
Pour le vice que tu chéris ;
Et toujours ses fausses maximes
Érigent en héros sublimes
Tes plus coupables favoris.

Mais de quelque superbe titre
Dont ces héros soient revêtus,
Prenons la raison pour arbitre,
Et cherchons en eux leurs vertus :
Je n'y trouve qu'extravagance,
Foiblesse, injustice, arrogance,
Trahisons, fureurs, cruautés :
Étrange vertu qui se forme
Souvent de l'assemblage énorme
Des vices les plus détestés !

Apprends que la seule sagesse
Peut faire les héros parfaits ;
Qu'elle voit toute la bassesse
De ceux que ta faveur a faits ;
Qu'elle n'adopte point la gloire

Qui naît d'une injuste victoire
Que le sort remporte pour eux ;
Et que, devant ses yeux stoïques,
Leurs vertus les plus héroïques
Ne sont que des crimes heureux.

Quoi ! Rome et l'Italie en cendre
Me feront honorer Sylla ?
J'admirerai dans Alexandre
Ce que j'abhorre en Attila ?
J'appellerai vertu guerrière
Une vaillance meurtrière
Qui dans mon sang trempe ses mains ?
Et je pourrai forcer ma bouche
A louer un héros farouche,
Né pour le malheur des humains ?

Quels traits me présentent vos fastes,
Impitoyables conquérants ?
Des vœux outrés, des projets vastes,
Des rois vaincus par des tyrans,
Des murs que la flamme ravage,
Des vainqueurs fumants de carnage,
Un peuple au fer abandonné,
Des mères pâles et sanglantes
Arrachant leurs filles tremblantes
Des bras d'un soldat effréné.

Juges insensés que nous sommes,
Nous admirons de tels exploits !

Est-ce donc le malheur des hommes
Qui fait la vertu des grands rois ?
Leur gloire, féconde en ruines,
Sans le meurtre et sans les rapines
Ne sauroit-elle subsister ?
Images des dieux sur la terre,
Est-ce par des coups de tonnerre
Que leur grandeur doit éclater ?

Mais je veux que dans les alarmes
Réside le solide honneur :
Quel vainqueur ne doit qu'à ses armes
Ses triomphes et son bonheur ?
Tel qu'on nous vante dans l'histoire
Doit peut-être toute sa gloire
A la honte de son rival :
L'inexpérience indocile
Du compagnon de Paul Émile
Fit tout le succès d'Annibal.

Quel est donc le héros solide
Dont la gloire ne soit qu'à lui ?
C'est un roi que l'équité guide,
Et dont les vertus sont l'appui ;
Qui, prenant Titus pour modèle,
Du bonheur d'un peuple fidèle
Fait le plus cher de ses souhaits ;
Qui fuit la basse flatterie ;
Et qui, père de sa patrie,
Compte ses jours par ses bienfaits.

Vous chez qui la guerrière audace
Tient lieu de toutes les vertus,
Concevez Socrate à la place
Du fier meurtrier de Clytus ;
Vous verrez un roi respectable,
Humain, généreux, équitable,
Un roi digne de vos autels :
Mais, à la place de Socrate,
Le fameux vainqueur de l'Euphrate
Sera le dernier des mortels.

Héros cruels et sanguinaires,
Cessez de vous enorgueillir
De ces lauriers imaginaires
Que Bellone vous fit cueillir.
En vain le destructeur rapide
De Marc-Antoine et de Lépide
Remplissoit l'univers d'horreurs :
Il n'eût point eu le nom d'Auguste
Sans cet empire heureux et juste
Qui fit oublier ses fureurs.

Montrez-nous, guerriers magnanimes,
Votre vertu dans tout son jour :
Voyons comment vos cœurs sublimes
Du sort soutiendront le retour.
Tant que sa faveur vous seconde,
Vous êtes les maîtres du monde,
Votre gloire nous éblouit :
Mais, au moindre revers funeste,

Le masque tombe, l'homme reste,
Et le héros s'évanouit.

L'effort d'une vertu commune
Suffit pour faire un conquérant :
Celui qui dompte la fortune
Mérite seul le nom de grand.
Il perd sa volage assistance
Sans rien perdre de la constance
Dont il vit ses honneurs accrus ;
Et sa grande ame ne s'altère
Ni des triomphes de Tibère,
Ni des disgraces de Varus.

La joie imprudente et légère
Chez lui ne trouve point d'accès,
Et sa crainte active modère
L'ivresse des heureux succès.
Si la fortune le traverse,
Sa constante vertu s'exerce
Dans ces obstacles passagers.
Le bonheur peut avoir son terme ;
Mais la sagesse est toujours ferme,
Et les destins toujours légers.

En vain une fière déesse
D'Énée a résolu la mort ;
Ton secours, puissante sagesse,
Triomphe des dieux et du sort.
Par toi Rome, après son naufrage,

Jusque dans les murs de Carthage
Vengea le sang de ses guerriers,
Et, suivant tes divines traces,
Vit, au plus fort de ses disgraces,
Changer ses cyprès en lauriers.

ODE VII,

A UNE VEUVE.

Quel respect imaginaire
Pour les cendres d'un époux
Vous rend vous-même contraire
A vos destins les plus doux ?
Quand sa course fut bornée
Par la fatale journée
Qui le mit dans le tombeau,
Pensez-vous que l'hyménée
N'ait pas éteint son flambeau ?

Pourquoi ces sombres ténèbres
Dans ce lugubre réduit ?
Pourquoi ces clartés funèbres,
Plus affreuses que la nuit ?
De ces noirs objets troublée,
Triste, et sans cesse immolée

A de frivoles égards,
Ferez-vous d'un mausolée
Le plaisir de vos regards !

Voyez les graces fidèles
Malgré vous suivre vos pas,
Et voltiger autour d'elles
L'Amour qui vous tend les bras :
Voyez ce dieu plein de charmes,
Qui vous dit, les yeux en larmes :
Pourquoi ces pleurs superflus ?
Pourquoi ces cris, ces alarmes ?
Ton époux ne t'entend plus.

A sa triste destinée
C'est trop donner de regrets ;
Par les larmes d'une année
Ses mânes sont satisfaits.
De la célèbre matrone
Que l'antiquité nous prône
N'imitez point le dégoût ;
Ou, pour l'honneur de Pétrone,
Imitez-la jusqu'au bout.

Les chroniques les plus amples
Des veuves du premier temps
Nous fournissent peu d'exemples
D'Artémises de vingt ans :
Plus leur douleur est illustre
Et plus elle sert de lustre

A leur amoureux essor :
Andromaque, en moins d'un lustre,
Remplaça deux fois Hector.

De la veuve de Sichée
L'histoire vous a fait peur.
Didon mourut attachée
Au char d'un amant trompeur.
Mais l'imprudente mortelle
N'eut à se plaindre que d'elle ;
Ce fut sa faute, en un mot :
A quoi songeoit cette belle
De prendre un amant dévot ?

Pouvoit-elle mieux attendre
De ce pieux voyageur,
Qui, fuyant sa ville en cendre
Et le fer du Grec vengeur,
Chargé des dieux de Pergame,
Ravit son père à la flamme,
Tenant son fils par la main ;
Sans prendre garde à sa femme,
Qui se perdit en chemin ?

Sous un plus heureux auspice
La déesse des amours
Veut qu'un nouveau sacrifice
Lui consacre vos beaux jours :
Déja le bûcher s'allume,
L'autel brille, l'encens fume,

La victime s'embellit,
L'amour même la consume,
Le mystère s'accomplit.

Tout conspire à l'alégresse
De cet instant solennel :
Une riante jeunesse
Folâtre autour de l'autel ;
Les Graces à demi nues
A ces danses ingénues
Mêlent de tendres accents ;
Et sur un trône de nues
Vénus reçoit votre encens.

ODE VIII,

A M. L'ABBÉ DE CHAULIEU.

Tant qu'a duré l'influence
D'un astre propice et doux,
Malgré moi de ton absence
J'ai supporté les dégoûts.

Je disois : Je lui pardonne
De préférer les beautés
De Palès et de Pomone
Au tumulte des cités :

Ainsi l'amant de Glycère,
Épris d'un repos obscur,
Cherchoit l'ombre solitaire
Des rivages de Tibur.

Mais aujourd'hui qu'en nos plaines
Le chien brûlant de Procris
De Flore aux douces haleines
Dessèche les dons chéris,

Veux-tu d'un astre perfide
Risquer les âpres chaleurs,
Et, dans ton jardin aride,
Sécher ainsi que tes fleurs?

Crois-moi, suis plutôt l'exemple
De tes amis casaniers,
Et reviens goûter, au Temple,
L'ombre de tes marronniers.

Dans ce salon pacifique
Où président les neuf sœurs,
Un loisir philosophique
T'offre encor d'autres douceurs:

Là, nous trouverons sans peine
Avec toi, le verre en main,
L'homme après qui Diogène
Courut si long-temps en vain;

Et, dans la douce alégresse
Dont tu sais nous abreuver,
Nous puiserons la sagesse,
Qu'il chercha sans la trouver.

ODE IX,

A M. LE MARQUIS DE LA FARE.

DANS la route que je me trace,
La Fare, daigne m'éclairer;
Toi qui dans les sentiers d'Horace
Marches sans jamais t'égarer;
Qui, par les leçons d'Aristippe,
De la sagesse de Chrysippe
As su corriger l'âpreté,
Et, telle qu'aux beaux jours d'Astrée,
Nous montrer la vertu parée
Des attraits de la volupté.

Ce feu sacré que Prométhée
Osa dérober dans les cieux,
La raison, à l'homme apportée,
Le rend presque semblable aux dieux.
Se pourroit-il, sage La Fare,
Qu'un présent si noble et si rare

De nos maux devînt l'instrument,
Et qu'une lumière divine
Pût jamais être l'origine
D'un déplorable aveuglement?

Lorsqu'à l'époux de Pénélope
Minerve accorde son secours,
Les Lestrigons et le Cyclope
Ont beau s'armer contre ses jours :
Aidé de cette intelligence,
Il triomphe de la vengeance
De Neptune en vain courroucé :
Par elle il brave les caresses
Des Sirènes enchanteresses,
Et les breuvages de Circé.

De la vertu qui nous conserve
C'est le symbolique tableau :
Chaque mortel a sa Minerve,
Qui doit lui servir de flambeau.
Mais cette déité propice
Marchoit toujours devant Ulysse,
Lui servant de guide ou d'appui ;
Au lieu que, par l'homme conduite,
Elle ne va plus qu'à sa suite,
Et se précipite avec lui.

Loin que la raison nous éclaire
Et conduise nos actions,
Nous avons trouvé l'art d'en faire

L'orateur de nos passions :
C'est un sophiste qui nous joue ;
Un vil complaisant qui se loue
A tous les fous de l'univers,
Qui, s'habillant du nom de sages,
La tiennent sans cesse à leurs gages
Pour autoriser leurs travers.

C'est elle qui nous fait accroire
Que tout cède à notre pouvoir ;
Qui nourrit notre folle gloire
De l'ivresse d'un faux savoir ;
Qui, par cent nouveaux stratagêmes
Nous masquant sans cesse à nous-mêmes,
Parmi les vices nous endort,
Du furieux fait un Achille,
Du fourbe un politique habile,
Et de l'athée un esprit fort.

Mais vous, mortels qui, dans le monde
Croyant tenir les premiers rangs,
Plaignez l'ignorance profonde
De tant de peuples différents ;
Qui confondez avec la brute
Ce Huron caché sous sa hutte,
Au seul instinct presque réduit ;
Parlez : Quel est le moins barbare,
D'une raison qui vous égare,
Ou d'un instinct qui le conduit ?

La nature, en trésors fertile,
Lui fait abondamment trouver
Tout ce qui lui peut être utile,
Soigneuse de le conserver.
Content du partage modeste
Qu'il tient de la bonté céleste,
Il vit sans trouble et sans ennui ;
Et si son climat lui refuse
Quelques biens dont l'Europe abuse,
Ce ne sont plus des biens pour lui.

Couché dans un antre rustique,
Du nord il brave la rigueur ;
Et notre luxe asiatique
N'a point énervé sa vigueur :
Il ne regrette point la perte
De ces arts dont la découverte
A l'homme a coûté tant de soins,
Et qui, devenus nécessaires,
N'ont fait qu'augmenter nos misères
En multipliant nos besoins.

Il méprise la vaine étude
D'un philosophe pointilleux
Qui, nageant dans l'incertitude,
Vante son savoir merveilleux :
Il ne veut d'autre connoissance
Que ce que la Toute-Puissance
A bien voulu nous en donner ;
Et sait qu'elle créa les sages

Pour profiter de ses ouvrages,
Et non pour les examiner.

Ainsi d'une erreur dangereuse
Il n'avale point le poison ;
Et notre clarté ténébreuse
N'a point offusqué sa raison.
Il ne se tend point à lui-même
Le piége d'un adroit systême
Pour se cacher la vérité :
Le crime à ses yeux paroît crime ;
Et jamais rien d'illégitime'
Chez lui n'a pris l'air d'équité.

Maintenant, fertiles contrées,
Sages mortels, peuples heureux,
Des nations hyperborées
Plaignez l'aveuglement affreux ;
Vous qui, dans la vaine noblesse,
Dans les honneurs, dans la mollesse,
Fixez la gloire et les plaisirs ;
Vous de qui l'infame avarice
Promène au gré de son caprice
Les insatiables desirs.

Oui, c'est toi, monstre détestable,
Superbe tyran des humains,
Qui seul du bonheur véritable
A l'homme as fermé les chemins.
Pour apaiser sa soif ardente,

La terre, en trésors abondante,
Feroit germer l'or sous ses pas :
Il brûle d'un feu sans remède ;
Moins riche de ce qu'il possède,
Que pauvre de ce qu'il n'a pas.

Ah ! si d'une pauvreté dure
Nous cherchons à nous affranchir,
Rapprochons-nous de la nature,
Qui seule peut nous enrichir.
Forçons de funestes obstacles ;
Réservons pour nos tabernacles
Cet or, ces rubis, ces métaux ;
Ou dans le sein des mers avides
Jetons ces richesses perfides,
L'unique élément de nos maux.

Ce sont là les vrais sacrifices
Par qui nous pouvons étouffer
Les semences de tous les vices
Qu'on voit ici bas triompher.
Otez l'intérêt de la terre,
Vous en exilerez la guerre,
L'honneur rentrera dans ses droits ;
Et, plus justes que nous ne sommes,
Nous verrons régner chez les hommes
Les mœurs à la place des lois.

Sur-tout réprimons les saillies
De notre curiosité,

Source de toutes nos folies,
Mère de notre vanité.
Nous errons dans d'épaisses ombres,
Où souvent nos lumières sombres
Ne servent qu'à nous éblouir.
Soyons ce que nous devons être ;
Et ne perdons point à connoître
Des jours destinés à jouir.

ODE X,

Sur la mort de S. A. S. monseigneur le prince de Conti, arrivée au mois de février 1709.

Peuples, dont la douleur aux larmes obstinée
De ce prince chéri déplore le trépas,
Approchez, et voyez quelle est la destinée
    Des grandeurs d'ici bas.

Conti n'est plus, ô ciel ! ses vertus, son courage,
La sublime valeur, le zèle pour son roi,
N'ont pu le garantir, au milieu de son âge,
    De la commune loi.

Il n'est plus ; et les dieux, en des temps si funestes
N'ont fait que le montrer aux regards des mortels.

Soumettons-nous. Allons porter ses tristes restes
    Au pied de leurs autels.

Élevons à sa cendre un monument célèbre :
Que le jour de la nuit emprunte les couleurs.
Soupirons, gémissons sur ce tombeau funèbre,
    Arrosé de nos pleurs.

Mais que dis-je ? ah ! plutôt à sa vertu suprême
Consacrons un hommage et plus noble et plus doux.
Ce héros n'est point mort; le plus beau de lui-même
    Vit encor parmi nous.

Ce qu'il eut de mortel s'éclipse à notre vue :
Mais de ses actions le visible flambeau,
Son nom, sa renommée en cent lieux épandue,
    Triomphent du tombeau.

En dépit de la mort, l'image de son ame,
Ses talents, ses vertus vivantes dans nos cœurs,
Y peignent ce héros avec des traits de flamme,
    De la Parque vainqueurs.

Steinkerque, où sa valeur rappela la victoire;
Nervinde, où ses efforts guidèrent nos exploits,
Éternisent sa vie, aussi bien que la gloire
    De l'empire françois.

Ne murmurons donc plus contre les destinées,
Qui livrent sa jeunesse au ciseau d'Atropos;

Et ne mesurons point au nombre des années
La course des héros.

Pour qui compte les jours d'une vie inutile,
L'âge du vieux Priam passe celui d'Hector :
Pour qui compte les faits, les ans du jeune Achille
L'égalent à Nestor.

Voici, voici le temps où, libres de contrainte,
Nos voix peuvent pour lui signaler leurs accents ;
Je puis à mon héros, sans bassesse et sans crainte,
Prodiguer mon encens.

Muses, préparez-lui votre plus riche offrande ;
Placez son nom fameux entre les plus grands noms :
Rien ne peut plus faner l'immortelle guirlande
Dont nous le couronnons.

Oui, cher prince, ta mort, de tant de pleurs suivie,
Met le comble aux grandeurs dont tu fus revêtu,
Et sauve des écueils d'une plus longue vie
Ta gloire et ta vertu.

Au faîte des honneurs, un vainqueur indomptable
Voit souvent ses lauriers se flétrir dans ses mains.
La mort, la seule mort met le sceau véritable
Aux grandeurs des humains.

Combien avons-nous vu d'éloges unanimes
Condamnés, démentis par un honteux retour !

6.

Et combien de héros glorieux, magnanimes,
     Ont vécu trop d'un jour !

Du midi jusqu'à l'ourse on vantoit ce monarque
Qui remplit tout le nord de tumulte et de sang.
Il fuit ; sa gloire tombe, et le destin lui marque
     Son véritable rang.

Ce n'est plus ce héros guidé par la victoire,
Par qui tous les guerriers alloient être effacés :
C'est un nouveau pyrrhus, qui va grossir l'histoire
     Des fameux insensés.

Ainsi de ses bienfaits la fortune se venge.
Mortels, défions-nous d'un sort toujours heureux ;
Et de nos ennemis songeons que la louange
     Est le plus dangereux.

Jadis tous les humains, errant à l'aventure,
A leur sauvage instinct vivoient abandonnés,
Satisfaits d'assouvir de l'aveugle nature
     Les besoins effrénés :

La raison, fléchissant leurs humeurs indociles,
De la société vint former les liens,
Et bientôt rassembla sous de communs asyles
     Les premiers citoyens.

Pour assurer entre eux la paix et l'innocence
Les lois firent alors éclater leur pouvoir ;

Sur des tables d'airain l'audace et la licence
    Apprirent leur devoir.

Mais il fallait encor, pour étonner le crime ;
Toujours contre les lois prompt à se révolter,
Que des chefs, revêtus d'un pouvoir légitime,
    Les fissent respecter.

Ainsi, pour le maintien de ces lois salutaires,
Du peuple entre vos mains le pouvoir fut remis,
Rois ; vous fûtes élus sacrés dépositaires
    Du glaive de Thémis.

Puisse en vous la vertu faire luire sans cesse
De la divinité les rayons glorieux !
Partagez ces tributs d'amour et de tendresse
    Que nous offrons aux dieux.

Mais chassez loin de vous la basse flatterie,
Qui, cherchant à souiller la bonté de vos mœurs,
Par cent détours obscurs s'ouvre avec industrie
    La porte de vos cœurs.

Le pauvre est à couvert de ses ruses obliques :
Orgueilleuse, elle suit la pourpre et les faisceaux ;
Serpent contagieux, qui des sources publiques
    Empoisonne les eaux.

Craignez que de sa voix les trompeuses délices
N'assoupissent enfin votre foible raison ;

De cette enchanteresse osez, nouveaux Ulysses,
       Rejeter le poison.

Némésis vous observe, et frémit des blasphêmes
Dont rougit à vos yeux l'aimable vérité :
N'attirez point sur vous, trop épris de vous-mêmes,
       Sa terrible équité.

C'est elle dont les yeux, certains, inévitables,
Percent tous les replis de nos cœurs insensés ;
Et nous lui répondons des éloges coupables
       Qui nous sont adressés.

Des châtiments du ciel implacable ministre,
De l'équité trahie elle venge les droits;
Et voici les arrêts dont sa bouche sinistre
       Épouvante les rois :

Écoutez, et tremblez, idoles de la terre :
D'un encens usurpé Jupiter est jaloux ;
Vos flatteurs dans ses mains allument le tonnerre
       Qui s'élève sur vous.

Il détruira leur culte ; il brisera l'image
A qui sacrifioient ces faux adorateurs ;
Et punira sur vous le détestable hommage
       De vos adulateurs.

Moi, je préparerai les vengeances célestes :
Je livrerai vos jours au démon de l'orgueil,

Qui, par vos propres mains, de vos grandeurs funestes
    Creusera le cercueil.

Vous n'écouterez plus la voix de la sagesse ;
Et, dans tous vos conseils, l'aveugle vanité,
L'esprit d'enchantement, de vertige et d'ivresse,
    Tiendra lieu de clarté.

Sous les noms spécieux de zèle et de justice
Vous vous déguiserez les plus noirs attentats ;
Vous couvrirez de fleurs les bords du précipice
    Qui s'ouvre sous vos pas.

Mais enfin votre chute, à vos yeux déguisée,
Aura ces mêmes yeux pour tristes spectateurs ;
Et votre abaissement servira de risée
    A vos propres flatteurs.

De cet oracle affreux tu n'as pas à te plaindre,
Cher prince ; ton éclat n'a point su t'abuser :
Ennemi des flatteurs, à force de les craindre
    Tu sus les mépriser.

Aussi la renommée, en publiant ta gloire,
Ne sera point soumise à ces fameux revers :
Les dieux t'ont laissé vivre assez pour ta mémoire,
    Trop peu pour l'univers.

ODE XI.

Pourquoi, plaintive Philomèle,
Songer encore à vos malheurs,
Quand, pour apaiser vos douleurs,
Tout cherche à vous marquer son zèle ?
L'univers, à votre retour,
Semble renaître pour vous plaire ;
Les Dryades à votre amour
Prêtent leur ombre solitaire :
Loin de vous l'aquilon fougueux
Souffle sa piquante froidure ;
La terre reprend sa verdure ;
Le ciel brille des plus beaux feux :
Pour vous l'amante de Céphale
Enrichit Flore de ses pleurs ;
Le zéphyr cueille sur les fleurs
Les parfums que la terre exhale :

Pour entendre vos doux accents
Les oiseaux cessent leur ramage ;
Et le chasseur le plus sauvage
Respecte vos jours innocents.
Cependant votre ame, attendrie
par un douloureux souvenir,
Des malheurs d'une sœur chérie

Semble toujours s'entretenir.
Hélas ! que mes tristes pensées
M'offrent des maux bien plus cuisants !
Vous pleurez des peines passées ;
Je pleure des ennuis présents :
Et, quand la nature attentive
Cherche à calmer vos déplaisirs,
Il faut même que je me prive
De la douceur de mes soupirs.

~~~~~~

ODE XII,

POUR MADAME DE ***

*Sur le gain d'un procès intenté contre elle par son
mari.*

QUELS nouveaux concerts d'alégresse
Retentissent de toutes parts ?
Quelle lumineuse déesse
Attire ici tous les regards ?
C'est Thémis qui vient de descendre,
Thémis, empressée à défendre
L'honneur de son sexe outragé,
Et qui, sur l'envie étouffée,
Vient dresser un juste trophée
Au mérite qu'elle a vengé.

Par la nature et la fortune
Tous nos destins sont balancés :
Mais toujours les bienfaits de l'une
Par l'autre ont été traversés.
O déesses, une mortelle
Seule à votre longue querelle
Fit succéder d'heureux accords :
Vous voulûtes, à sa naissance,
Signaler votre intelligence
En la comblant de vos trésors.

Mais que vois-je ? la noire envie,
Agitant ses serpents affreux,
Pour ternir l'éclat de sa vie
Sort de son antre ténébreux :
L'avarice lui sert de guide ;
La malice au souris perfide,
L'imposture aux yeux effrontés,
De l'enfer filles inflexibles,
Secouant leurs flambeaux horribles,
Marchent sans ordre à ses côtés.

L'innocence, fière et tranquille,
Voit leurs complots sans s'ébranler,
Et croit que leur fureur stérile
En vains éclats va s'exhaler.
Mais son espérance est trompée :
De Thémis, ailleurs occupée,
Les secours étoient différés ;
Et, par l'impunité plus fortes,

Leur audace frappoit aux portes
Des tribunaux les plus sacrés.

Enfin , divinité brillante,
Par toi leur orgueil est détruit,
Et ta lumière étincelante
Dissipe cette affreuse nuit.
Déja leur troupe confondue ,
A ton aspect tombe éperdue ;
Leur espoir meurt anéanti ;
Et le noir démon du mensonge
Fuit, disparoît, et se replonge
Dans l'ombre dont il est sorti.

Quitte tes vêtements funèbres ,
Fille du ciel , noble pudeur :
La lumière sort des ténèbres ,
Reprends ta première splendeur.
De cette divine mortelle ,   .
Dont tu fus la guide éternelle ,
Les lois ont été le soutien :
Reviens , de festons couronnée ,
Et de palmes environnée ,
Chanter son triomphe et le tien.

Assez la fraude et l'injustice,
Que sa gloire avoit su blesser,
Dans les pièges de l'artifice
Ont tâché de l'embarrasser.
Fuyez, jalousie obstinée ;

De votre haleine empoisonnée
Cessez d'offusquer ses vertus :
Regardez la haine impuissante ,
Et la discorde gémissante ,
Monstres sous ses pieds abattus.

Pour chanter leur joie et sa gloire ,
Combien d'immortelles chansons
Les chastes filles de mémoire
Vont dicter à leurs nourrissons !
O qu'après la triste froidure
Nos yeux , amis de la verdure ,
Sont enchantés de son retour !
Qu'après les frayeurs du naufrage
On oublie aisément l'orage
Qui cède à l'éclat d'un beau jour !

Tel souvent un nuage sombre ,
Du sein de la terre exhalé ,
Tient sous l'épaisseur de son ombre
Le céleste flambeau voilé.
La nature en est consternée ;
Flore languit abandonnée ;
Philomèle n'a plus de sons ;
Et , tremblant à ce noir présage ,
Cérès pleure l'affreux ravage
Qui vient menacer ses moissons.

Mais bientôt vengeant leur injure
Je vois mille traits enflammés

Qui percent la prison obscure
Qui les retenoit enfermés :
Le ciel de toutes parts s'allume ;
L'air s'échauffe ; la terre fume ;
Le nuage crève et pâlit,
Et dans un gouffre de lumière
Sa vapeur humide et grossière
Se dissipe et s'ensevelit.

ODES.

LIVRE TROISIÈME.

ODE PREMIÈRE,

A M. LE COMTE DU LUC,

*Alors ambassadeur de France en Suisse, et plénipo-
tentiaire à la paix de Bade.*

Tel que le vieux pasteur des troupeaux de Neptune,
Protée, à qui le ciel, père de la fortune,
   Ne cache aucuns secrets,
Sous diverse figure, arbre, flamme, fontaine,
S'efforce d'échapper à la vue incertaine
   Des mortels indiscrets;

Ou tel que d'Apollon le ministre terrible,
Impatient du Dieu dont le souffle invincible
   Agite tous ses sens,
Le regard furieux, la tête échevelée,

Du temple fait mugir la demeure ébranlée
    Par ses cris impuissants :

Tel, aux premiers accès d'une sainte manie,
Mon esprit alarmé redoute du génie
    l'assaut victorieux ;
Il s'étonne, il combat l'ardeur qui le possède,
Et voudroit secouer du démon qui l'obsède
    Le joug impérieux.

Mais sitôt que, cédant à la fureur divine,
Il reconnoît enfin du Dieu qui le domine
    Les souveraines lois ;
Alors, tout pénétré de sa vertu suprême,
Ce n'est plus un mortel, c'est Apollon lui-même
    Qui parle par ma voix.

Je n'ai point l'heureux don de ces esprits faciles
Pour qui les doctes sœurs, caressantes, dociles,
    Ouvrent tous leurs trésors ;
Et qui, dans la douceur d'un tranquille délire,
N'éprouvèrent jamais, en maniant la lyre,
    Ni fureurs ni transports.

Des veilles, des travaux, un foible cœur s'étonne :
Apprenons toutefois que le fils de Latone,
    Dont nous suivons la cour,
Ne nous vend qu'à ce prix ces traits de vive flamme
Et ces ailes de feu qui ravissent une ame
    Au céleste séjour.

C'est par là qu'autrefois d'un prophète fidèle
L'esprit, s'affranchissant de sa chaîne mortelle
    Par un puissant effort,
S'élançoit dans les airs, comme un aigle intrépide,
Et jusque chez les dieux alloit d'un vol rapide
    Interroger le sort.

C'est par là qu'un mortel, forçant les rives sombres,
Au superbe tyran qui règne sur les ombres
    Fit respecter sa voix :
Heureux si, trop épris d'une beauté rendue,
Par un excès d'amour il ne l'eût point perdue
    Une seconde fois !

Telle étoit de Phébus la vertu souveraine
Tandis qu'il fréquentoit les bords de l'Hippocrène
    Et les sacrés vallons :
Mais ce n'est plus le temps, depuis que l'avarice,
Le mensonge flatteur, l'orgueil et le caprice,
    Sont nos seuls Apollons.

Ah ! si ce dieu sublime, échauffant mon génie,
Ressuscitoit pour moi de l'antique harmonie
    Les magiques accords ;
Si je pouvois du ciel franchir les vastes routes,
Ou percer par mes chants les infernales voûtes
    De l'empire des morts ;

Je n'irois point, des dieux profanant la retraite,
Dérober aux destins, téméraire interprète,

Leurs augustes secrets ;
Je n'irois point chercher une amante ravie,
Et, la lyre à la main, redemander sa vie
    Au gendre de Cérès.

Enflammé d'une ardeur plus noble et moins stérile,
J'irois, j'irois pour vous, ô mon illustre asyle,
    O mon fidèle espoir,
Implorer aux enfers ces trois fières déesses
Que jamais jusqu'ici nos vœux ni nos promesses
    N'ont su l'art d'émouvoir.

Puissantes déités qui peuplez cette rive,
Préparez, leur dirois-je, une oreille attentive
    Au bruit de mes concerts :
Puissent-ils amollir vos superbes courages
En faveur d'un héros digne des premiers âges
    Du naissant univers !

Non, jamais sous les yeux de l'auguste Cybèle
La terre ne fit naître un plus parfait modèle
    Entre les dieux mortels ;
Et jamais la vertu n'a, dans un siècle avare,
D'un plus riche parfum ni d'un encens plus rare
    Vu fumer ses autels.

C'est lui, c'est le pouvoir de cet heureux génie
Qui soutient l'équité contre la tyrannie
    D'un astre injurieux :
L'aimable vérité, fugitive, importune,

7

N'a trouvé qu'en lui seul sa gloire, sa fortune,
 Sa patrie, et ses dieux.

Corrigez donc pour lui vos rigoureux usages.
Prenez tous les fuseaux qui, pour les plus longs âges,
 Tournent entre vos mains.
C'est à vous que du Styx les dieux inexorables
Ont confié les jours, hélas! trop peu durables,
 Des fragiles humains.

Si ces dieux, dont un jour tout doit être la proie,
Se montrent trop jaloux de la fatale soie
 Que vous leur redevez,
Ne délibérez plus; tranchez mes destinées,
Et renouez leur fil à celui des années
 Que vous lui réservez.

Ainsi daigne le ciel, toujours pur et tranquille,
Verser sur tous les jours que votre main nous file
 Un regard amoureux!
Et puissent les mortels, amis de l'innocence,
Mériter tous les soins que votre vigilance
 Daigne prendre pour eux!

C'est ainsi qu'au-delà de la fatale barque
Mes chants adouciroient de l'orgueilleuse Parque
 L'impitoyable loi;
Lachésis apprendroit à devenir sensible;
Et le double ciseau de sa sœur inflexible
 Tomberoit devant moi.

Une santé dès-lors florissante, éternelle,
Vous verroit recueillir d'une automne nouvelle
    Les nombreuses moissons ;
Le ciel ne seroit plus fatigué de nos larmes ;
Et je verrois enfin de mes froides alarmes
    Fondre tous les glaçons.

Mais une dure loi, des dieux mêmes suivie,
Ordonne que le cours de la plus belle vie
    Soit mêlé de travaux :
Un partage inégal ne leur fut jamais libre ;
Et leur main tient toujours dans son juste équilibre
    Tous nos biens et nos maux.

Ils ont sur vous, ces dieux, épuisé leur largesse :
C'est d'eux que vous tenez la raison, la sagesse,
    Les sublimes talents ;
Vous tenez d'eux enfin cette magnificence
Qui seule sait donner à la haute naissance
    De solides brillants.

C'en étoit trop, hélas ! et leur tendresse avare,
Vous refusant un bien dont la douceur répare
    Tous les maux amassés,
Prit sur votre santé, par un décret funeste,
Le salaire des dons qu'à votre ame céleste
    Elle avoit dispensés.

Le ciel nous vend toujours les biens qu'il nous prodigue ;
Vainement un mortel se plaint, et le fatigue

De ses cris superflus ;
L'ame d'un vrai héros, tranquille, courageuse,
Sait comme il faut souffrir d'une vie orageuse
     Le flux et le reflux.

Il sait, et c'est par là qu'un grand cœur se console
Que son nom ne craint rien ni des fureurs d'Éole
     Ni des flots inconstants ;
Et que, s'il est mortel, son immortelle gloire
Bravera dans le sein des filles de mémoire
     Et la mort et le temps.

Tandis qu'entre des mains à sa gloire attentives
La France confiera de ses saintes archives
     Le dépôt solennel,
L'avenir y verra le fruit de vos journées,
Et vos heureux destins unis aux destinées
     D'un empire éternel.

Il saura par quels soins, tandis qu'à force ouverte
L'Europe conjurée armoit pour notre perte
     Mille peuples fougueux,
Sur des bords étrangers votre illustre assistance
Sut ménager pour nous les cœurs et la constance
     D'un peuple belliqueux.

Il saura quel génie, au fort de nos tempêtes,
Arrêta malgré nous, dans leurs vastes conquêtes
     Nos ennemis hautains ;
Et que vos seuls conseils, déconcertant leurs princes,

Guidèrent au secours de deux riches provinces
    Nos guerriers incertains.

Mais quel peintre fameux, par de savantes veilles,
Consacrant aux humains de tant d'autres merveilles
    L'immortel souvenir,
Pourra suivre le fil d'une histoire si belle,
Et laisser un tableau digne des mains d'Apelle
    Aux siècles à venir ?

Que ne puis-je franchir cette noble barrière !
Mais, peu propre aux efforts d'une longue carrière,
    Je vais jusqu'où je puis ;
Et, semblable à l'abeille en nos jardins éclose,
De différentes fleurs j'assemble et je compose
    Le miel que je produis.

Sans cesse en divers lieux errant à l'aventure,
Des spectacles nouveaux que m'offre la nature
    Mes yeux sont égayés ;
Et, tantôt dans les bois, tantôt dans les prairies,
Je promène toujours mes douces rêveries
    Loin des chemins frayés.

Celui qui, se livrant à des guides vulgaires,
Ne détourne jamais des routes populaires
    Ses pas infructueux,
Marche plus sûrement dans une humble campagne
Que ceux qui, plus hardis, percent de la montagne
    Les sentiers tortueux.

Toutefois c'est ainsi que nos maîtres célèbres
Ont dérobé leurs noms aux épaisses ténèbres
    De leur antiquité ;
Et ce n'est qu'en suivant leur périlleux exemple,
Que nous pouvons, comme eux, arriver jusqu'au
    temple
    De l'immortalité.

~~~~~~

ODE II,

A S. A. S. MONSEIGNEUR LE PRINCE EUGÈNE DE SAVOIE.

EST-CE une illusion soudaine
Qui trompe mes regards surpris ?
Est-ce un songe dont l'ombre vaine
Trouble mes timides esprits ?
Quelle est cette déesse énorme,
Ou plutôt ce monstre difforme
Tout couvert d'oreilles et d'yeux,
Dont la voix ressemble au tonnerre,
Et qui, des pieds touchant la terre,
Cache sa tête dans les cieux ?

C'est l'inconstante renommée,
Qui, sans cesse les yeux ouverts,

Fait sa revue accoutumée
Dans tous les coins de l'univers.
Toujours vaine, toujours errante,
Et messagère indifférente
Des vérités et de l'erreur,
Sa voix, en merveilles féconde,
Va chez tous les peuples du monde
Semer le bruit et la terreur.

Quelle est cette troupe sans nombre
D'amants autour d'elle assidus,
Qui viennent en foule à son ombre
Rendre leurs hommages perdus ?
La vanité qui les enivre,
Sans relâche s'obstine à suivre
L'éclat dont elle les séduit ;
Mais bientôt leur ame orgueilleuse
Voit sa lumière frauduleuse
Changée en éternelle nuit.

O toi qui, sans lui rendre hommage,
Et sans redouter son pouvoir,
Sus toujours de cette volage
Fixer les soins et le devoir,
Héros, des héros le modèle,
Étoit-ce pour cette infidèle
Qu'on t'a vu, cherchant les hasards,
Braver mille morts toujours prêtes,
Et dans les feux et les tempêtes
Défier la fureur de Mars ?

Non, non ; ses lueurs passagères
N'ont jamais ébloui tes sens ;
A des déités moins légères
Ta main prodigue son encens :
Ami de la gloire solide,
Mais de la vérité rigide
Encor plus vivement épris,
Sous ses drapeaux seuls tu te ranges ;
Et ce ne sont point les louanges,
C'est la vertu, que tu chéris.

Tu méprises l'orgueil frivole
De tous ces héros imposteurs
Dont la fausse gloire s'envole
Avec la voix de leurs flatteurs :
Tu sais que l'équité sévère
A cent fois du haut de leur sphère
Précipité ces vains guerriers,
Et qu'elle est l'unique déesse
Dont l'incorruptible sagesse
Puisse éterniser tes lauriers.

Ce vieillard qui d'un vol agile
Fuit sans jamais être arrêté,
Le temps, cette image mobile
De l'immobile éternité,
A peine du sein des ténèbres
Fait éclore les faits célèbres,
Qu'il les replonge dans la nuit :
Auteur de tout ce qui doit être,

Il détruit tout ce qu'il fait fait naître
A mesure qu'il le produit.

Mais la déesse de mémoire,
Favorable aux noms éclatants,
Soulève l'équitable histoire
Contre l'iniquité du temps ;
Et, dans le registre des âges
Consacrant les nobles images
Que la gloire lui vient offrir,
Sans cesse en cet auguste livre
Notre souvenir voit revivre
Ce que nos yeux ont vu périr.

C'est là que sa main immortelle,
Mieux que la déesse aux cent voix,
Saura, dans un tableau fidèle,
Immortaliser tes exploits :
L'avenir, faisant son étude
De cette vaste multitude
D'incroyables évènements,
Dans leurs vérités authentiques,
Des fables les plus fantastiques
Retrouvera les fondements.

Tous ces traits incompréhensibles
Par les fictions ennoblis
Dans l'ordre des choses possibles
Par là se verront rétablis.
Chez nos neveux moins incrédules,

Les vrais Césars, les faux Hercules,
Seront mis en même degré;
Et tout ce qu'on dit à leur gloire,
Et qu'on admire sans le croire,
Sera cru sans être admiré.

Guéris d'une vaine surprise,
Ils concevront sans être émus
Les faits du petit-fils d'Acrise,
Et tous les travaux de Cadmus :
Ni le monstre du labyrinthe,
Ni la triple Chimère éteinte,
N'étonneront plus la raison;
Et l'esprit avoûra sans honte
Tout ce que la Grèce raconte
Dès merveilles du fils d'Éson.

Et pourquoi traiter de prestiges
Les aventures de Colchos?
Les dieux n'ont-ils fait des prodiges
Que dans Thèbes ou dans Argos?
Que peuvent opposer les fables
Aux prodiges inconcevables
Qui, de nos jours exécutés,
Ont cent fois dans la Germanie,
Chez le Belge, dans l'Ausonie,
Frappé nos yeux épouvantés?

Mais ici ma lyre impuissante
N'ose seconder mes efforts

Une voix fière et menaçante
Tout-à-coup glace mes transports :
Arrête, insensé, me dit-elle ;
Ne va point d'une main mortelle
Toucher un laurier immortel :
Arrête ; et, dans ta folle audace,
Crains de reconnoître la trace
Du sang dont fume ton autel.

Le terrible dieu de la guerre,
Bellone, et la fière Atropos,
N'ont que trop effrayé la terre
Des triomphes de ton héros ;
Ces dieux, ta patrie elle-même,
Rendront à sa valeur suprême
D'assez authentiques tributs :
Admirateur plus légitime,
Garde tes vers et ton estime
Pour de plus tranquilles vertus.

Ce n'est point d'un amas funeste
De massacres et de débris
Qu'une vertu pure et céleste
Tire son véritable prix :
Un héros qui de la victoire
Emprunte son unique gloire
N'est héros que quelques moments ;
Et, pour l'être toute sa vie,
Il doit opposer à l'envie
De plus paisibles monuments.

En vain ses exploits mémorables
Étonnent les plus fiers vainqueurs :
Les seules co. quêtes durables
Sont celles qu'on fait sur les cœurs.
Un tyran cruel et sauvage
Dans les feux et dans le ravage
N'acquiert qu'un honneur criminel :
Un vainqueur qui sait toujours l'être
Dans les cœurs dont il se rend maître
S'élève un trophée éternel.

C'est par cette illustre conquête,
Mieux encor que par ses travaux,
Que ton prince élève sa tête
Au - dessus de tous ses rivaux :
Grand par tout ce que l'on admire,
Mais plus encor, j'ose le dire,
Par cette héroïque bonté,
Et par cet abord plein de grace
Qui des premiers âges retrace
L'adorable simplicité.

Il sait qu'en ce vaste intervalle
Où les destins nous ont placés
D'une fierté qui les ravale
Les mortels sont toujours blessés ;
Que la grandeur fière et hautaine
N'attire souvent que leur haine
Lorsqu'elle ne fait rien pour eux ;
Et que, tandis qu'elle subsiste,

Le parfait bonheur ne consiste
Qu'à rendre les hommes heureux.

Les dieux même, éternels arbitres
Du sort des fragiles mortels,
N'exigent qu'à ces mêmes titres
Nos offrandes et nos autels.
C'est leur puissance qu'on implore ;
Mais c'est leur bonté qu'on adore
Dans le bien qu'ils font aux humains ;
Et, sans cette bonté fertile,
Leur foudre, souvent inutile,
Gronderoit en vain dans leurs mains.

Prince, suis toujours les exemples
De ces dieux dont tu tiens le jour :
Avant de mériter nos temples,
Ils ont mérité notre amour.
Tu le sais, l'aveugle fortune
Peut faire d'une ame commune
Un héros partout admiré :
La seule vertu, profitable,
Généreuse, tendre, équitable,
Peut faire un héros adoré.

Ce potentat toujours auguste,
Maître de tant de potentats,
Dont la main si ferme et si juste
Conduit tant de vastes états,
Deviendra la gloire des princes,

Lorsqu'en ses nombreuses provinces
Rassemblant les plaisirs épars,
Sous sa féconde providence
Tu feras fleurir l'abondance,
Les délices, et les beaux arts.

Seconde les heureux auspices
D'un monarque si renommé :
Déja, par tes secours propices,
Janus voit son temple fermé.
Puisse ta gloire toujours pure
A toute la race future
Servir de modèle et de loi ;
Et ton intégrité profonde
Être à jamais l'amour du monde,
Comme ton bras en fut l'effroi !

ODE III,

A M. LE COMTE DE BONNEVAL,

lieutenant-général des armées de l'empereur.

Le soleil, dont la violence
Nous a fait languir si long-temps,
Arme de feux moins éclatants
Les rayons que son char nous lance.

Et, plus paisible dans son cours,
Laisse la céleste balance
Arbitre des nuits et des jours.

L'aurore, désormais stérile
Pour la divinité des fleurs,
De l'heureux tribut de ses pleurs
Enrichit un dieu plus utile ;
Et sur tous les côteaux voisins
On voit briller l'ambre fertile
Dont elle dore nos raisins.

C'est dans cette saison si belle
Que Bacchus prépare à nos yeux
De son triomphe glorieux
La pompe la plus solennelle :
Il vient de ses divines mains
Sceller l'alliance éternelle
Qu'il a faite avec les humains.

Autour de son char diaphane
Les ris, voltigeant dans les airs,
Des soins qui troublent l'univers
Écartent la foule profane :
Tel, sur des bords inhabités,
Il vint de la triste Ariane
Calmer les esprits agités.

Les satyres tout hors d'haleine,
Conduisant les nymphes des bois,

Au son du fifre et du hautbois
Dansent par troupes dans la plaine,
Tandis que les Sylvains lassés
Portent l'immobile Silène
Sur leurs thyrses entrelacés.

Leur plus vive ardeur se déploie
Autour de ce dieu belliqueux :
Cher comte, partage avec eux
L'alégresse qu'il leur envoie ;
Et, plein d'une douce chaleur,
Montre-toi rival de leur joie,
Comme tu l'es de sa valeur.

Prends part à la juste louange
De ce dieu si cher aux guerriers,
Qui, couvert de mille lauriers
Moissonnés jusqu'aux bords du Gange,
A trouvé mille fois plus grand
D'être le dieu de la vendange,
Que de n'être qu'un conquérant.

De ses ménades révoltées
Craignons l'impétueux courroux :
Tu sais jusqu'où ce dieu jaloux
Porte ses fureurs irritées,
Et quelles tragiques horreurs
Des Lycurgues et des Penthées
Payèrent les folles erreurs.

C'est lui qui, des fils de la terre
Châtiant la rébellion,
Sous la forme d'un fier lion
Vengea le maître du tonnerre;
Et par lui les os de Rhécus
Furent brisés, comme le verre,
Aux yeux de ses frères vaincus.

Ici, par l'aimable paresse
Ce fameux vainqueur désarmé
Ne se montre plus enflammé
Que des feux d'une douce ivresse;
Et cherchant de plus doux combats,
Dans le temple de l'alégresse
Il s'offre à conduire nos pas.

Là, sous une voûte sacrée,
Peinte des plus riches couleurs,
Ses prêtres, couronnant de fleurs
La victime pour toi parée,
Bientôt sur un autel divin
Feront couler à ton entrée
Des ruisseaux de lait et de vin.

Reçois ce nectar adorable
Versé par la main des plaisirs;
Et laisse au gré de leurs desirs
Par cette liqueur favorable
Remplir tes esprits et tes yeux

De cette joie inaltérable
Qui rend l'homme semblable aux dieux.

Par elle, en toutes ses disgraces,
Un cœur d'audace revêtu
Sait asservir à sa vertu
Les ennuis qui suivent ses traces,
Et, tranquille jusqu'à la mort,
Conjurer toutes les menaces
Des dieux, et des rois, et du sort.

Par elle, bravant la puissance
De son implacable démon,
Le vaillant fils de Télamon,
Banni des lieux de sa naissance,
Au fort de ses calamités
Rendit le calme et l'espérance
A ses compagnons rebutés.

Amis, la volage fortune
N'a, dit-il, nuls droits sur mon cœur;
Je prétends, malgré sa rigueur,
Fixer votre course importune :
Passons ce jour dans les festins;
Demain les zéphyrs et Neptune
Ordonneront de nos destins.

C'est sur cet illustre modèle
Qu'à toi-même toujours égal
Tus sus loin de ton lieu natal

Triompher d'un astre infidèle,
Et, sous un ciel moins rigoureux,
D'une Salamine nouvelle
Jeter les fondements heureux.

Une douleur pusillanime
Touche peu les dieux immortels ;
On aborde en vain leurs autels
Sans un cœur ferme et magnanime :
Quand nous venons les implorer,
C'est par une joie unanime
Que nous devons les honorer.

Telle est l'alégresse rustique
De ces vendangeurs altérés
Qu'on voit, à leurs yeux égarés,
Saisis d'une ivresse mystique,
Et qui, saintement furieux,
Retracent de l'orgie antique
L'emportement mystérieux.

Tandis que toute la campagne
Retentit de leur doux transport,
Allons travailler à l'accord
Du Tokaye avec le Champagne,
Et, près de tes Lares assis,
Des vins de rive et de montagne
Juger le procès indécis.

Les juges, à ton arrivée,

8.

Se trouveront tous assemblés :
La soif qui les tient désolés
Brûle de se voir abreuvée ;
Et leur appétit importun
A deux heures de relevée
S'étonne d'être encore à jeun.

ODE IV,

IMITÉE D'HORACE.

AUX SUISSES,

durant leur guerre civile, en 1712.

Où courez-vous, cruels ? Quel démon parricide
    Arme vos sacriléges bras ?
Pour qui destinez-vous l'appareil homicide
    De tant d'armes et de soldats ?

Allez-vous réparer la honte encor nouvelle
    De vos passages violés ?
Êtes-vous résolus à venger la querelle
    De vos ancêtres immolés ?

Non, vous voulez venger votre ennemi lui-même,
    Et faire voir aux fiers Germains

Leurs antiques rivaux, dans leur fureur extrême,
 Égorgés de leurs propres mains :

Tigres, plus acharnés que le lion sauvage,
 Qui, malgré sa férocité,
Dans un autre lion respectant son image,
 Dépouille pour lui sa fierté.

Mais parlez ; répondez : Quels feux illégitimes
 Allument en vous ce transport ?
Est-ce un aveugle instinct? Sont-ce vos propres crimes
 Ou la fatale loi du sort ?

Ils demeurent sans voix. Que devient leur audace ?
 Je vois leurs visages pâlir :
Le trouble les saisit, l'étonnement les glace.
 Ah ! vos destins vont s'accomplir.

Vos pères ont péché : vous en portez la peine ;
 Et Dieu sur votre nation
Veut des profanateurs de sa loi souveraine
 Expier la rébellion.

ODE V,

AUX PRINCES CHRÉTIENS,

sur l'armement des Turcs contre la république de Venise, en 1715.

CE n'est donc point assez que ce peuple perfide,
De la sainte cité profanateur stupide,
Ait dans tout l'Orient porté ses étendards,
Et, paisible tyran de la Grèce abattue,
   Partage à notre vue
La plus belle moitié du trône des Césars ?

Déja, pour réveiller sa fureur assoupie,
L'interprète effréné de son prophète impie
Lui promet d'asservir l'Italie à sa loi;
Et déja son orgueil, plein de cette assurance,
   Renverse en espérance
Le siége de l'empire, et celui de la foi.

A l'aspect des vaisseaux que vomit le Bosphore,
Sous un nouveau Xerxès Thétis croit voir encore
Au travers de ses flots promener les forêts;
Et le nombreux amas de lances hérissées,
   Contre le ciel dressées,
Égale les épis qui dorent nos guérets.

Princes, que pensez-vous à ces apprêts terribles ?
Attendez-vous encor, spectateurs insensibles,
Quels seront les décrets de l'aveugle destin,
Comme en ce jour affreux où, dans le sang noyée,
   Byzance foudroyée
Vit périr sous ses murs le dernier Constantin ?

O honte ! ô de l'Europe infamie éternelle !
Un peuple de brigands, sous un chef infidèle,
De ses plus saints remparts détruit la sûreté;
Et le mensonge impur tranquillement repose
   Où le grand Théodose
Fit régner si long-temps l'auguste vérité.

Jadis, dans leur fureur non encor ralentie,
Ces esclaves chassés des marais de Scythie
Portèrent chez le Parthe et la mort et l'effroi;
Et bientôt des Persans, ravisseurs moins barbares,
   Leurs conducteurs avares
Reçurent à-la-fois et le sceptre et la loi.

Dès-lors courant toujours de victoire en victoire,
Des califes déchus de leur antique gloire
Le redoutable empire entre eux fut partagé;
Des bords de l'Hellespont aux rives de l'Euphrate
   Par cette race ingrate
Tout fut en même temps soumis ou ravagé.

Mais sitôt que leurs mains, en ruines fécondes,
Osèrent, du Jourdain souillant les saintes ondes,

Profaner le tombeau du fils de l'Éternel,
L'occident, réveillé par ce coup de tonnerre,
    Arma toute la terre
Pour laver ce forfait dans leur sang criminel.

En vain à cette ardeur si bouillante et si vive
La folle ambition, la prudence craintive,
Prétendoient opposer leurs conseils spécieux ;
Chacun comprit alors, mieux qu'au siècle où nous
    sommes,
    Que l'intérêt des hommes
Ne doit point balancer la querelle des cieux.

Comme un torrent fougueux qui, du haut des
    montagnes
Précipitant ses eaux, traîne dans les campagnes
Arbres, rochers, troupeaux, par son cours emportés :
Ainsi de Godefroi les légions guerrières
    Forcèrent les barrières
Que l'Asie opposoit à leurs bras indomptés.

La Palestine enfin, après tant de ravages,
Vit fuir ses ennemis, comme on voit les nuages
Dans le vague des airs fuir devant l'aquilon,
Et des vents du midi la dévorante haleine
    N'a consumé qu'à peine
Leurs ossements blanchis dans les champs d'Ascalon.

De ses temples détruits et cachés sous les herbes
Sion vit relever les portiques superbes,

De notre délivrance augustes monuments;
Et d'un nouveau David la valeur noble et sainte
    Sembloit dans leur enceinte
D'un royaume éternel jeter les fondements.

Mais chez ses successeurs la discorde insolente,
Allumant le flambeau d'une guerre sanglante,
Énerva leur puissance en corrompant leurs mœurs;
Et le ciel irrité, ressuscitant l'audace
    D'une coupable race,
Se servit des vaincus pour punir les vainqueurs.

Rois, symboles mortels de la grandeur céleste,
C'est à vous de prévoir dans leur chute funeste
De vos divisions les fruits infortunés:
Assez et trop long-temps, implacables Achilles,
    Vos discordes civiles
De morts ont assouvi les enfers étonnés.

Tandis que, de vos mains déchirant vos entrailles,
Dans nos champs engraissés de tant de funérailles
Vous semiez le carnage et le trouble et l'horreur,
L'infidèle, tranquille au milieu des alarmes,
    Forgeoit ces mêmes armes
Qu'aujourd'hui contre vous aiguise sa fureur.

Enfin l'heureuse paix, de l'amitié suivie,
A réuni les cœurs séparés par l'envie,
Et banni loin de nous la crainte et le danger:
Paisible dans son champ le laboureur moissonne;

Et les dons de l'automne
Ne sont plus profanés par le fer étranger.

Mais ce calme si doux que le ciel vous renvoie
N'est point le calme oisif d'une indolente joie
Où s'endort la vertu des plus fameux guerriers :
Le démon des combats siffle encor sur vos têtes ;
          Et de justes conquêtes
Vous offrent à cueillir de plus nobles lauriers.

Il est temps de venger votre commune injure :
Éteignez dans le sang d'un ennemi parjure
Du nom que vous portez l'opprobre injurieux ;
Et, sous leurs braves chefs assemblant vos cohortes,
          Allez briser les portes
D'un empire usurpé sur vos foibles aïeux.

Vous n'êtes plus au temps de ces craintes serviles
Qu'imprimoient dans le sein des peuples imbécilles
De cruels ravisseurs, à leur perte animés ;
L'aigle de Jupiter, ministre de la foudre,
          A cent fois mis en poudre
Ces géants orgueilleux contre le ciel armés.

Belgrade assujettie à leur joug tyrannique
Regrette encor ce jour où le fer germanique
Renversa leur croissant du haut de ses remparts ;
Et de Salankemen les plaines infectées
          Sont encore humectées
Du sang de leurs soldats sur la poussière épars.

Sous le fer abattus, consumés dans la flamme,
Leur monarque insensé, le désespoir dans l'ame,
Pour la dernière fois osa tenter le sort:
Déja, de sa fureur barbares émissaires,
     Ses nombreux janissaires
Portoient de toutes parts la terreur et la mort.

Arrêtez, troupe lâche et de pillage avide:
D'un Hercule naissant la valeur intrépide
Va bientôt démentir vos projets forcenés,
Et, sur vos corps sanglants se traçant un passage,
     Faire l'apprentissage
Des triomphes fameux qui lui sont destinés.

Le Tibisque, effrayé de la digue profonde
De tant de bataillons entassés dans son onde,
De ses flots enchaînés interrompit le cours;
Et le fier Ottoman (1), sans drapeaux et sans suite,
     Précipitant sa fuite,
Borna toute sa gloire au salut de ses jours.

C'en est assez, dit-il; retournons sur nos traces:
Foibles et vils troupeaux, après tant de disgraces,
N'irritons plus en vain de superbes lions:
Un prince nous poursuit, dont le fatal génie
     Dans cette ignominie
De notre antique gloire éteint tous les rayons.

---

(1) Mustapha II.

Par une prompte paix, tant de fois profanée,
Conjurons la victoire à le suivre obstinée :
Prévenons du destin les revers éclatants ;
Et sur d'autres climats détournons les tempêtes
　　　Qui, déja toutes prêtes,
Menacent d'écraser l'empire des sultans.

ODE VI,

A MALHERBE,

contre les détracteurs de l'antiquité.

Si du tranquille Parnasse
Les habitants renommés
Y gardent encor leur place
Lorsque leurs yeux sont fermés ;
Et si, contre l'apparence,
Notre farouche ignorance
Et nos insolents propos
Dans ces demeures sacrées
De leurs ames épurées
Troublent encor le repos ;

Que dis-tu, sage Malherbe,
De voir tes maîtres proscrits
Par une foule superbe

De fanatiques esprits,
Et dans ta propre patrie
Renaître la barbarie
De ces temps d'infirmité
Dont ton immortelle veine
Jadis avec tant de peine
Dissipa l'obscurité?

Peux-tu, malgré tant d'hommages,
D'encens, d'honneurs, et d'autels,
Voir mutiler les images
De tous ces morts immortels
Qui, jusqu'au siècle où nous sommes,
Ont fait chez les plus grands hommes
Naître les plus doux transports,
Et dont les divins génies
De tes doctes symphonies
Ont formé tous les accords?

Animé par leurs exemples,
Soutenu par leurs leçons,
Tu fis retentir nos temples
De tes célestes chansons.
Sur la montagne thébaine
Ta lyre fière et hautaine
Consacra l'illustre sort
D'un roi vainqueur de l'envie,
Vraiment roi pendant sa vie,
Vraiment grand après sa mort.

Maintenant ton ombre heureuse,
Au comble de ses desirs,
De leur troupe généreuse
Partage tous les plaisirs.
Dans ces bocages tranquilles,
Peuplés de myrtes fertiles
Et de lauriers toujours verts,
Tu mêles ta voix hardie
A la douce mélodie
De leurs sublimes concerts.

Là, d'un dieu fier et barbare
Orphée adoucit les lois;
Ici le divin Pindare
Charme l'oreille des rois :
Dans tes douces promenades
Tu vois les folles Ménades
Rire autour d'Anacréon,
Et les Nymphes, plus modestes,
Gémir des ardeurs funestes
De l'amante de Phaon.

A la source d'Hippocrène,
Homère, ouvrant ses rameaux,
S'élève comme un vieux chêne
Entre de jeunes ormeaux :
Les savantes immortelles,
Tous les jours, de fleurs nouvelles
Ont soin de parer son front;
Et par leur commun suffrage

Avec elles il partage
Le sceptre du double mont.

Ainsi les chastes déesses,
Dans ces bois verts et fleuris,
Comblent de justes largesses
Leurs antiques favoris.
Mais pourquoi leur docte lyre
Prendroit-elle un moindre empire
Sur les esprits des neuf sœurs,
Si de son pouvoir suprême
Pluton, Cerbère lui-même,
Ont pu sentir les douceurs?

Quelle est donc votre manie,
Censeurs dont la vanité
De ces rois de l'harmonie
Dégrade la majesté;
Et qui, par un double crime,
Contre l'Olympe sublime
Lançant vos traits venimeux,
Osez, dignes du tonnerre,
Attaquer ce que la terre
Eut jamais de plus fameux?

Impitoyables Zoïles,
Plus sourds que le noir Pluton,
Souvenez-vous, ames viles,
Du sort de l'affreux Python:
Chez les filles de mémoire

Allez apprendre l'histoire
De ce serpent abhorré,
Dont l'haleine détestée
De sa vapeur empestée
Souilla leur séjour sacré.

Lorsque la terrestre masse
Du déluge eut bu les eaux,
Il effraya le Parnasse
Par des prodiges nouveaux ;
Le ciel vit ce monstre impie,
Né de la fange croupie
Au pied du mont Pélion,
Souffler son infecte rage
Contre le naissant ouvrage
Des mains de Deucalion.

Mais le bras sûr et terrible
Du dieu qui donne le jour
Lava dans son sang horrible
L'honneur du docte séjour.
Bientôt de la Thessalie,
Par sa dépouille ennoblie,
Les champs en furent baignés,
Et du Céphise rapide
Son corps affreux et livide
Grossit les flots indignés.

De l'écume empoisonnée
De ce reptile fatal

Sur la terre profanée
Naquit un germe infernal;
Et de là naissent les sectes
De tous ces sales insectes
De qui le souffle envieux
Ose d'un venin critique
Noircir de la Grèce antique
Les célestes demi-dieux.

A peine, sur de vains titres,
Intrus au sacré vallon,
Ils s'érigent en arbitres
Des oracles d'Apollon:
Sans cesse dans les ténèbres
Insultant les morts célèbres,
Ils sont comme ces corbeaux
De qui la troupe affamée,
Toujours de rage animée,
Croasse autour des tombeaux.

Cependant, à les entendre,
Leurs ramages sont si doux,
Qu'aux bords même du Méandre
Le cygne en seroit jaloux;
Et quoiqu'en vain ils allument
L'encens dont ils se parfument
Dans leurs chants étudiés,
Souvent de ceux qu'ils admirent,
Lâches flatteurs, ils attirent
Les éloges mendiés.

Une louange équitable,
Dont l'honneur seul est le but,
Du mérite véritable
Est le plus juste tribut :
Un esprit noble et sublime,
Nourri de gloire et d'estime,
Sent redoubler ses chaleurs,
Comme une tige élevée,
D'une onde pure abreuvée,
Voit multiplier ses fleurs.

Mais cette flatteuse amorce
D'un hommage qu'on croit dû
Souvent prête même force
Au vice qu'à la vertu :
De la céleste rosee
La terre fertilisée,
Quand les frimas ont cessé,
Fait également éclore
Et les doux parfums de Flore
Et les poisons de Circé.

Cieux, gardez vos eaux fécondes
Pour le myrte aimé des dieux ;
Ne prodiguez plus vos ondes
A cet if contagieux :
Et vous, enfants des nuages,
Vents, ministres des orages,
Venez, fiers tyrans du nord,
De vos brûlantes froidures

Sécher ces feuilles impures
Dont l'ombre donne la mort.

~~~~~~

ODE VII,

A S. E. LE COMTE DE SINZINDORF,

Chancelier de la cour impériale.

L'HIVER, qui si long-temps a fait blanchir nos plaines,
N'enchaîne plus le cours des paisibles ruisseaux ;
Et les jeunes zéphyrs de leurs chaudes haleines
    Ont fondu l'écorce des eaux.

Les troupeaux ont quitté leurs cabanes rustiques ;
Le laboureur commence à lever ses guérets ;
Les arbres vont bientôt, de leurs têtes antiques,
    Ombrager les vertes forêts.

Déja la terre s'ouvre ; et nous voyons éclore
Les prémices heureux de ses dons bienfaisants :
Cérès vient à pas lents, à la suite de Flore,
    Contempler ses nouveaux présents.

De leurs douces chansons, instruits par la nature,
Mille tendres oiseaux font résonner les airs ;

9.

Et les nymphes des bois, dépouillant leur ceinture,
　　Dansent au bruit de leurs concerts.

Des objets si charmants, un séjour si tranquille,
La verdure, les fleurs, les ruisseaux, les beaux jours,
Tout invite le sage à chercher un asyle
　　Contre le tumulte des cours.

Mais vous, à qui Minerve et les filles d'Astrée
Ont confié le sort des terrestres humains,
Vous, qui n'osez quitter la balance sacrée
　　Dont Thémis a chargé vos mains;

Ministre de la paix, qui gouvernez les rênes
D'un empire puissant autant que glorieux,
Vous ne pouvez long-temps vous dérober aux chaînes
　　De vos emplois laborieux.

Bientôt l'état, privé d'une de ses colonnes,
Se plaindroit d'un repos qui trahiroit le sien;
L'orphelin vous crieroit : Hélas ! tu m'abandonnes!
　　Je perds mon plus ferme soutien !

Vous irez donc revoir, mais pour peu de journées,
Ces fertiles jardins, ces rivages si doux,
Que la nature et l'art, de leurs mains fortunées,
　　Prennent soin d'embellir pour vous.

Dans ces immenses lieux dont le sort vous fit maître,
Vous verrez le soleil, cultivant leurs trésors,

Se lever le matin, et le soir disparoître,
    Sans sortir de leurs riches bords.

Tantôt vous tracerez la course de votre onde;
Tantôt, d'un fer courbé dirigeant vos ormeaux,
Vous ferez remonter leur sève vagabonde
    Dans de plus utiles rameaux.

Souvent, d'un plomb subtil que le salpêtre embrase
Vous irez insulter le sanglier glouton,
Ou, nouveau Jupiter, faire aux oiseaux du Phase
    Subir le sort de Phaéton.

O doux amusements ! ô charme inconcevable
A ceux que du grand monde éblouit le chaos !
Solitaires vallons, retraite inviolable
    De l'innocence et du repos;

Délices des aïeux d'une épouse adorée
Qui réunit l'éclat de toutes leurs splendeurs,
Et dans qui la vertu, par les graces parée,
    Brille au-dessus de leurs grandeurs!

Arbres verts et fleuris, bois paisibles et sombres,
A votre possesseur si doux et si charmants,
Puissiez-vous ne durer que pour prêter vos ombres
    A ses nobles délassements!

Mais la loi du devoir, qui lui parle sans cesse,
Va bientôt l'enlever à ses heureux loisirs;

il n'écoutera plus que la voix qui le presse
    De s'arracher à vos plaisirs.

Bientôt vous le verrez, renonçant à lui-même,
Reprendre les liens dont il est échappé ;
Toujours de l'intérêt d'un monarque qu'il aime,
    Toujours de sa gloire occupé.

Allez, illustre appui de ses vastes provinces,
Allez ; mais revenez, de leur amour épris,
Organe des décrets du plus sage des princes,
    Veiller sur ses peuples chéris.

C'est pour eux qu'autrefois, loin de votre patrie,
Consacré de bonne heure à de nobles travaux,
Vous fîtes admirer votre heureuse industrie
    A ses plus illustres rivaux.

La France vit briller votre zèle intrépide
Contre le feu naissant de nos derniers débats :
Le Batave vous vit opposer votre égide
    Au cruel démon des combats.

Vos vœux sont satisfaits : la discorde et la guerre
N'osent plus rallumer leurs tragiques flambeaux ;
Et les dieux apaisés redonnent à la terre
    Des jours plus sereins et plus beaux.

Ce chef de tant d'états, à qui le ciel dispense
Tant de riches trésors, tant de fameux bienfaits,

A déja de ces dieux reçu la récompense
    De sa tendresse pour la paix.

Il a vu naître enfin de son épouse aimée
Un gage précieux de sa fécondité,
Et qui va désormais de l'Europe charmée
    Affermir la tranquillité.

Arbitre tout-puissant d'un empire invincible,
Plus maître encor du cœur de ses sujets heureux,
Qu'a-t-il à desirer, qu'un usage paisible
    Des jours qu'il a reçus pour eux ?

Non, non, il n'ira point, après tant de tempêtes,
Ressusciter encor d'antiques différents :
Il sait trop que souvent les plus belles conquêtes
    Sont la perte des conquérants.

Si toutefois l'ardeur de son noble courage
L'engageoit quelque jour au-delà de ses droits,
Écoutez la leçon d'un Socrate sauvage,
    Faite au plus puissant de nos rois.

Pour la troisième fois, du superbe Versailles
Il faisoit agrandir le parc délicieux ;
Un peuple harassé de ses vastes murailles
    Creusoit le contour spacieux.

Un seul, contre un vieux chêne appuyé sans mot dire,
Sembloit à ce travail ne prendre aucune part :

A quoi rêves-tu là ? dit le prince. Hélas ! sire,
    Répond le champêtre vieillard,

Pardonnez : je songeois que de votre héritage
Vous avez beau vouloir élargir les confins ;
Quand vous l'agrandiriez trente fois davantage,
    Vous aurez toujours des voisins.

ODE VIII,

POUR S. A. MONSEIGNEUR

LE PRINCE DE VENDOME,

ALORS GRAND PRIEUR DE FRANCE.

Sur son retour de l'île de Malte en 1715.

Après que cette île guerrière,
Si fatale aux fiers Ottomans,
Eût mis sa puissante barrière
A couvert de leurs armements,
Vendôme, qui, par sa prudence,
Sut y rétablir l'abondance
Et pourvoir à tous ses besoins,
Voulut céder aux destinées,

Qui réservoient à ses années
D'autres climats et d'autres soins.

Mais, dès que la céleste-voûte
Fut ouverte, au jour radieux
Qui devoit éclairer la route
De ce héros ami des dieux,
Du fond de ses grottes profondes
Neptune éleva sur les ondes
Son char de tritons entouré ;
Et ce dieu, prenant la parole,
Aux superbes enfants d'Éole
Adressa cet ordre sacré :

Allez, tyrans impitoyables
Qui désolez tout l'univers,
De vos tempêtes effroyables
Troubler ailleurs le sein des mers :
Sur les eaux qui baignent l'Afrique
C'est au Vulturne pacifique
Que j'ai destiné votre emploi :
Partez et que votre furie
Jusqu'à la dernière Hespérie
Respecte et subisse sa loi.

Mais vous, aimables Néréides,
Songez au sang du grand Henri,
Lorsque nos campagnes humides
Porteront ce prince chéri :
Aplanissez l'onde orageuse,

Secondez l'ardeur courageuse
De ses fidèles matelots :
Venez ; et d'une main agile
Soutenez son vaisseau fragile,
Quand il roulera sur mes flots.

Ce n'est pas la première grace
Qu'il obtient de notre secours :
Dès l'enfance, sa jeune audace
Osa vous confier ses jours :
C'est vous qui, sur ce moite empire,
Au gré du volage zéphyre
Conduisiez au port son vaisseau,
Lorsqu'il vint, plein d'un si beau zèle,
Au secours de l'île où Cybèle
Sauva Jupiter au berceau.

Dès-lors quels périls, quelle gloire,
N'ont point signalé son grand cœur ?
Ils font le plus beau de l'histoire
D'un héros en tous lieux vainqueur,
D'un frère..... Mais le ciel, avare
De ce don si cher et si rare,
L'a trop tôt repris aux humains.
C'est à vous seuls de l'en absoudre,
Trônes ébranlés par sa foudre,
Sceptres raffermis par ses mains.

Non moins grand, non moins intrépide,
On le vit, aux yeux de son roi,

Traverser un fleuve rapide,
Et glacer ses rives d'effroi.
Tel que d'une ardeur sanguinaire
Un jeune aiglon, loin de son aire
Emporté plus prompt qu'un éclair,
Fond sur tout ce qui se présente,
Et d'un cri jette l'épouvante
Chez tous les habitants de l'air.

Bientôt sa valeur souveraine,
Moins rebelle aux leçons de l'art,
Dans l'école du grand Turenne
Apprit à fixer le hasard.
C'est dans cette source fertile
Que son courage plus utile,
De sa gloire unique artisan,
Acquit cette hauteur suprême
Qu'admira Bellone elle-même
Dans les campagnes d'Orbassau.

Est-il quelque guerre fameuse
Dont il n'ait partagé le poids?
Le Rhin, le Pô, l'Ébre, la Meuse,
Tour-à-tour ont vu ses exploits.
France, tandis que tes armées
De ses yeux furent animées,
Mars n'osa jamais les trahir;
Et la fortune permanente
A son étoile dominante
Fit toujours gloire d'obéir.

Mais quand de lâches artifices
T'eurent enlevé cet appui,
Tes destins, jadis si propices,
S'exilèrent tous avec lui :
Un Dieu plus puissant que tes armes
Frappa de paniques alarmes
Tes plus intrépides guerriers ;
Et sur tes frontières célèbres
Tu ne vis que cyprès funèbres
Succéder à tous tes lauriers.

O détestable calomnie,
Fille de l'obscure fureur,
Compagne de la zizanie,
Et mère de l'aveugle erreur !
C'est toi dont la langue aiguisée
De l'austère fils de Thésée
Osa déchirer les vertus ;
C'est par toi qu'une épouse indigne
Arma contre un héros insigne
La crédulité de Prétus.

Dans la nuit et dans le silence
Tu conduis tes coups ténébreux :
Du masque de la vraisemblance
Tu couvres ton visage affreux :
Tu divises, tu désespères
Les amis, les époux, les frères :
Tu n'épargnes pas les autels ;
Et ta fureur envenimée,

Contre les plus grands noms armée,
Ne fait grace qu'aux vils mortels.

Voilà de tes agents sinistres
Quels sout les exploits odieux :
Mais enfin ces lâches ministres
Épuisent la bonté des dieux :
En vain, chéris de la fortune,
Ils cachent leur crainte importune,
Enveloppés dans leur orgueil :
Le remords déchire leur ame ;
Et la honte qui les diffame
Les suit jusque dans le cercueil.

Vous rentrerez, monstres perfides,
Dans la foule où vous êtes nés ;
Aux vengeances des Euménides
Vos jours seront abandonnés :
Vous verrez, pour comble de rage,
Ce prince, après un vain orage,
Paroître en sa première fleur,
Et, sous une heureuse puissance,
Jouir des droits que la naissance
Ajoute encore à sa valeur.

Mais déja ses humides voiles
Flottent dans mes vastes déserts :
Le soleil, vainqueur des étoiles,
Monte sur le trône des airs.
Hâtez-vous, filles de Nérée ;

Allez sur la plaine azurée
Joindre vos Tritons dispersés :
Il est temps de servir mon zèle :
Allez ; Vendôme vous appelle ;
Neptune parle ; obéissez.

Il dit : et la mer, qui s'entr'ouvre,
Déja fait briller à ses yeux
De son palais qu'elle découvre
L'or et le crystal précieux.
Cependant la nef vagabonde
Au milieu des nymphes de l'onde
Vogue d'un cours précipité,
Telle qu'on voit rouler sur l'herbe
Un char triomphant et superbe,
Loin de la barrière emporté.

Enfin, d'un prince que j'adore
Les dieux sont devenus l'appui :
Il revient éclairer encore
Une cour plus digne de lui :
Déja d'un nouveau phénomène
L'heureuse influence y ramène
Les jours d'Astrée et de Thémis :
Les vertus n'y sont plus en proie
A l'avare et brutale joie
De leurs insolents ennemis.

Un instinct né chez tous les hommes,
Et chez tous les hommes égal,

Nous force tous, tant que nous sommes,
D'aimer notre séjour natal ;
Toutefois, quels que puissent être
Pour les lieux qui nous ont vu naître
Ces mouvements respectueux,
La vertu ne se sent point née
Pour voir sa gloire profanée
Par le vice présomptueux.

Ulysse, après vingt ans d'absence,
De disgraces et de travaux,
Dans le pays de sa naissance
Vit finir le cours de ses maux.
Mais il eut trouvé moins pénible
De mourir à la cour paisible
Du généreux Alcinoüs,
Que de vivre dans sa patrie,
Toujours en proie à la furie
D'Eurimaque ou d'Antinous.

ODE IX,

A S. E. MONSIEUR GRIMANI,

Ambassadeur de Venise à la cour de Vienne,

Sur le départ des troupes impériales pour la campagne de 1716 en Hongrie.

Ils partent, ces cœurs magnanimes,
Ces guerriers dont les noms chéris
Vont être pour jamais écrits
Entre les noms les plus sublimes :
Ils vont en de nouveaux climats
Chercher de nouvelles victimes
Au terrible dieu des combats.

A leurs légions indomtables
Bellone inspire sa fureur :
Le bruit, l'épouvante, et l'horreur,
Devancent leurs flots redoutables ;
Et la mort remet dans leurs mains
Ces tonnerres épouvantables
Dont elle écrase les humains.

Un héros tout brillant de gloire
Les conduit vers ces mêmes bords

Où jadis ses premiers efforts
Ont éternisé sa mémoire.
Sous ses pas naît la liberté ;
Devant lui vole la victoire ;
Et Pallas marche à son côté.

O dieux ! quel favorable augure
Pour ces généreux fils de Mars !
J'entends déja de toutes parts
L'air frémir de leur doux murmure ;
Je vois sous leur chef applaudi
Le nord venger avec usure
Toutes les pertes du midi.

Quel triomphe pour ta patrie
Et pour toi quel illustre honneur,
Ministre né pour le bonheur
De cette mère si chérie,
Toi de qui l'amour généreux,
Toi de qui la sage industrie
Ménagea ces secours heureux !

Cent fois nous avons vu ton zèle
Porter les pleurs de ses enfants
Jusque sous les yeux triomphants
Du prince qui s'arme pour elle,
Et qui, plein d'estime pour toi,
Attire encor dans ta querelle
Cent princes soumis a sa loi.

C'est ainsi que du jeune Atride
On vit l'éloquente douleur
Intéresser dans son malheur
Les Grecs assemblés en Aulide,
Et d'une noble ambition
Armer leur colère intrépide
Pour la conquête d'Ilion.

En vain l'inflexible Neptune
Leur oppose un calme odieux ;
En vain l'interprète des dieux
Fait parler sa crainte importune :
Leur invincible fermeté
Lasse enfin l'injuste fortune,
Les vents, et Neptune irrité.

La constance est le seul remède
Aux obstacles du sort jaloux :
Tôt ou tard, attendris pour nous,
Les dieux nous accordent leur aide ;
Mais ils veulent être implorés,
Et leur résistance ne cède
Qu'à nos efforts réitérés.

Ce ne fut qu'après dix années
D'épreuve et de travaux constants
Que ces glorieux combattants
Triomphèrent des destinées,
Et que, loin des bords phrygiens,
Ils emmenèrent enchaînées
Les veuves des heros troyens.

ODE X,

Sur la bataille de Péterwaradin.,

Ainsi le glaive fidèle
De l'ange exterminateur
Plongea dans l'ombre éternelle
Un peuple profanateur,
Quand l'Assyrien terrible
Vit dans une nuit horrible
Tous ses soldats égorgés
De la fidèle Judée,
Par ses armés obsédée,
Couvrir les champs saccagés.

Où sont ces fils de la terre
Dont les fières légions
Devoient rallumer la guerre
Au sein de nos régions ?
La nuit les vit rassemblées ;
Le jour les voit écoulées,
Comme de faibles ruisseaux
Qui, gonflés par quelque orage,
Viennent inonder la plage
Qui doit engloutir leurs eaux.

Déja ces monstres sauvages,
Qu'arma l'infidélité,
Marchoient le long des rivages
Du Danube épouvanté :
Leur chef, guidé par l'audace,
Avoit épuisé la Thrace
D'armes et de combattants,
Et des bornes de l'Asie
Jusqu'à la double Mésie
Conduit leurs drapeaux flottants.

A ce déluge barbare
D'effroyables bataillons
L'infatigable Tartare
Joint encor ses pavillons.
C'en est fait ; leur insolence
Peut rompre enfin le silence ;
L'effroi ne les retient plus :
Ils peuvent sans nulle crainte,
D'une paix trompeuse et feinte
Briser les nœuds superflus.

C'est en vain qu'à notre vue
Un guerrier, par sa valeur,
De leur attaque imprévue
A repoussé la chaleur :
C'est peu qu'après leur défaite
Sa triomphante retraite
Sur nos confins envahis
Ait, avec sa renommée,

Consacré dans leur armée
La honte de leurs spahis.

Ils s'aigrissent par leurs pertes :
Et déja de toutes parts
Nos campagnes sont couvertes
De leurs escadrons épars.
Venez, troupe meurtrière ;
La nuit, qui, dans sa carrière,
Fuit à pas précipités,
Va bientôt laisser éclore
De votre dernière aurore
Les foudroyantes clartés.

Un prince dont le génie
Fait le destin des combats
Veut de votre tyrannie
Purger enfin nos états :
Il tient cette même foudre
Qui vous fit mordre la poudre
En ce jour si glorieux
Où, par vingt mille victimes,
La mort expia les crimes
De vos funestes aïeux.

Hé quoi ! votre ardeur glacée
Délibère à son aspect !
Ah ! la saison est passée
D'un orgueil si circonspect.
En vain de lâches tranchées

Couvrent vos têtes cachées ;
Eugène est prêt d'avancer :
Il vient, il marche en personne ;
Le jour luit ; la charge sonne ;
Le combat va commencer.

Wirtemberg, sous sa conduite,
A la tête de nos rangs,
Déja certain de leur fuite
Attaque leurs premiers flancs.
Merci, qu'un même ordre enflamme,
Parmi les feux et la flamme
Qui tonnent aux environs,
Force, dissipe, renverse,
Détruit tout ce qui traverse
L'effort de ses escadrons.

Nos soldats, dans la tempête,
Par cet exemple affermis,
Sans crainte exposent leur tête
A tous les feux ennemis ;
Et chacun, malgré l'orage,
Suivant d'un même courage
Le chef présent en tous lieux,
Plein de joie et d'espérance,
Combat avec l'assurance
De triompher à ses yeux.

De quelle ardeur redoublée
Mille intrépides guerriers

Viennent-ils dans la mêlée
Chercher de sanglants lauriers !
O héros à qui la gloire
D'une si belle victoire
Doit son plus ferme soutien,
Que ne puis-je, dans ces rimes,
Consacrant vos noms sublimes,
Immortaliser le mien !

Mais quel désordre incroyable
Parmi ces corps séparés
Grossit la nue effroyable
Des ennemis rassurés ?
Près de leur moment suprême,
Ils osent, en fuyant même,
Tenter de nouveaux exploits :
Le désespoir les excite ;
Et la crainte ressucite
Leur espérance aux abois.

Quel est ce nouvel Alcide (1)
Qui seul, entouré de morts,
De cette foule homicide
Arrête tous les efforts ?
A peine un fer détestable
Ouvre son flanc redoutable,
Son sang est déja payé ;

(1) Le comte de Bonneval.

Et son ennemi, qui tombe,
De sa troupe qui succombe
Voit fuir le reste effrayé.

Eugène a fait ce miracle;
Tout se rallie à sa voix :
L'infidèle, à ce spectacle,
Recule encore une fois.
Aremberg, dont le courage
De ces monstres pleins de rage
Soutient le dernier effort,
D'un air que Bellone avoue
Les poursuit et les dévoue
Au triomphe de la mort.

Tout fuit, tout cède à nos armes :
Le visir, percé de coups,
Va, dans Belgrade en alarmes,
Rendre son ame en courroux :
Le camp s'ouvre ; et ses richesses,
Le fruit des vastes largesses
De cent peuples asservis,
Dans cette nouvelle Troie
Vont être aujourd'hui la proie
De nos soldats assouvis.

Rendons au Dieu des armées
Nos honneurs les plus touchants ;
Que ces voûtes parfumées
Retentissent de nos chants :

Et lorsqu'envers sa puissance
Notre humble reconnoissance
Aura rempli ce devoir,
Marchons, pleins d'un nouveau zèle,
A la victoire nouvelle
Qui flatte encor notre espoir.

Temeswar, de nos conquêtes
Deux fois le fatal écueil,
Sous nos foudres toutes prêtes
Va voir tomber son orgueil :
Par toi seul, prince invincible,
Ce rempart inaccessible
Pouvoit être renversé :
Va, par son illustre attaque,
Rompre les fers du Valaque
Et du Hongrois oppressé.

Et toi qui, suivant les traces
Du premier de tes aieux,
Éprouves, par tant de graces,
La bienveillance des cieux,
Monarque aussi grand que juste,
Reconnais le prix auguste
Dont le monarque des rois
Paie avec tant de clémence
Ta piété, ta constance,
Et ton zèle pour ses lois.

ODES.

LIVRE QUATRIÈME.

ODE PREMIÈRE,

A L'EMPEREUR,

Après la conclusion de la quadruple alliance.

Dans sa carrière féconde
Le soleil, sortant des eaux,
Couvre d'une nuit profonde
Tous les célestes flambeaux :
Entre les causes premières
Tout cède aux vives lumières
Du feu créé pour les dieux ;
Et des dons que nous étale
La richesse orientale
L'or est le plus radieux.

Telle, ô prince magnanime,
Ta lumineuse clarté
Offusque l'éclat sublime
De toute autre majesté.
Dans un roi d'un sang illustre
Nous admirons le haut lustre
Du premier de ses états :
En toi la royauté même
Honore le diadême
Du premier des potentats.

Mais dis-nous quelle est la source
De cette auguste splendeur
Qui du midi jusqu'à l'ourse
Fait révérer ta grandeur ?
Est-ce cette antique race
D'aieux dont tu tiens la place
Sur le trône des Romains ?
Est-ce cet amas de princes,
De peuples, et de provinces,
Dont le sort est dans tes mains ?

Du vaste empire des Mages
Les fastueux héritiers
S'applaudissoient des hommages
De mille peuples altiers :
Du rivage de l'aurore
Jusqu'au-delà du Bosphore
Ils faisoient craindre leurs lois,
Et, de l'univers arbitres,

Ajoutoient à tous leurs titres
Le titre de rois des rois.

Cependant la Grèce unie
Avoit déja sur leurs fronts
Imprimé l'iguominie
De mille sanglants affronts,
Quand la colère céleste
Fit naître, en son sein funeste
A ces tyrans amollis,
Celui dont la main superbe
Devoit enterrer sous l'herbe
Les murs de Persépolis.

Non, non, la servile crainte
De cent peuples différents
Ne mit jamais hors d'atteinte
La gloire des conquérants :
Les lauriers les plus fertiles,
Sans l'art de les rendre utiles,
Leur sont vainement promis ;
Et leur puissance n'est stable
Qu'autant qu'elle est profitable
Aux peuples qu'ils ont soumis.

C'est cette sainte maxime
Qui, contre tous les revers,
T'affermira sur la cime
Des grandeurs de l'univers :
Tes sujets, pleins d'alégresse,

Des marques de ta tendresse
Feront leur seul entretien ;
Et leur amour secourable
De ta puissance durable
Sera l'éternel soutien.

Ton invincible courage,
Signalé dans tous les temps,
Fonda le pénible ouvrage
De tes destins éclatants :
C'est lui qui de la Fortune,
De Bellone et de Neptune,
Bravant les légèretés,
Dans leurs épreuves diverses
T'a conduit par les traverses
Au sein des prospérités.

Déja l'horrible tourmente
De cent tonnerres épars
De Barcelone fumante
Avoit brisé les remparts ;
Et bientôt, si ta constance
N'eût armé la résistance
De ses braves combattants,
Tes rivaux sur ses murailles
Auroient fait les funérailles
De ses derniers habitants.

En vain pour sauver ta tête
La mer t'offroit sur ses eaux,

A ton secours toute prête,
L'asyle de ses vaisseaux :
A tes amis plus fidèle,
Tu voulus, malgré leur zèle,
Vaincre ou mourir avec eux ;
Et ta vertu, toujours ferme,
Les protégea jusqu'au terme
De leurs travaux belliqueux.

Mais sur le trône indomtable
Où commandoient tes aïeux
Quel objet épouvantable
S'offrit encore à tes yeux,
Quand l'implacable furie
Qui sur ta triste patrie
Déployoit ses cruautés
Vint jusqu'en ta capitale
Souffler la vapeur fatale
De ses venins empestés ?

Dans sa course dévorante
Rien n'arrêtoit ce torrent :
L'épouse tomboit mourante
Sur son époux expirant :
Le fils aux bras de son père,
La fille au sein de sa mère
S'arrachoit avec horreur ;
Et la mort, livide et blême,
Remplissoit ton palais même
De sa brûlante fureur.

Tu pouvois braver la foudre
Sous un ciel moins dangereux ;
Mais rien ne put te résoudre
A quitter des malheureux.
Rois, qui bornez vos tendresses,
Dans ces publiques détresses,
Au soin de vous épargner,
Apprenez, à cette marque,
Qu'un prince n'est point monarque
Pour vivre, mais pour régner.

Oui, j'ose encor le redire,
Cette illustre fermeté
Est de ton solide empire
L'appui le plus redouté :
C'est elle qui déconcerte
L'envie obscure et couverte
De tes foibles ennemis ;
C'est elle dont l'influence
Fait l'indomtable défense
De tes sujets affermis.

De leur ardeur aguerrie
Par son exemple éternel
Tu laissas dans l'Ibérie
Un monument solennel,
Quand, sur les rives de l'Ebre
Cherchant le laurier célèbre
A ta valeur réservé,
Tes yeux devant Saragosse

Virent tomber le colosse
Contre ta gloire élevé.

Fléau de la tyrannie
Des Thraces ambitieux,
N'a-t-on pas vu ton génie,
Toujours protégé des cieux,
Montrer à ces fiers esclaves
Que les efforts les plus braves
Et les plus inespérés
Deviennent bientôt possibles
A des guerriers invincibles
Par tes ordres inspirés ?

Mais une vertu plus rare
Chez les héros de nos jours
Dans tes voisins te prépare
Encor de nouveaux secours ;
C'est cette épreuve avérée
Et cent fois réitérée
De ton équitable foi ;
Vertu sans qui tout le reste
N'est souvent qu'un don funeste
Au bonheur du plus grand roi.

Vous qui, dans l'indépendance
Des nœuds les plus respectés,
Masquez du nom de prudence
Toutes vos duplicités,
Infidèles politiques

Qui nous cachez vos pratiques
Sous tant de voiles épais,
Cessez de troubler la terre,
Moins terribles dans la guerre,
Que sinistres dans la paix.

En vain sur les artifices
Et le faux déguisement
De vos frêles édifices
Vous posez le fondement :
Contre vos sourdes intrigues
Bientôt de plus justes ligues
Joignent vos voisins nombreux ;
Et leur vengeance unanime
Vous plonge enfin dans l'abyme
Que vous creusâtes pour eux.

C'est en suivant cette voie
Que tes ennemis flattés
Deviendront la juste proie
De leurs complots avortés ;
Tandis qu'aux yeux du ciel même
Par ton équité suprême
Justifiant tes exploits,
Les premiers princes du monde
Armeront la terre et l'onde
Pour le maintien de tes droits.

Ils savent que ta justice,
Sourde aux vaines passions,

Est la seule directrice
De toutes tes actions ;
Et que la vigueur austère
De ton sage ministère,
Toujours inspiré par toi,
Inaccessible aux foiblesses,
Lui fait des moindres promesses
Une inviolable loi.

Ainsi jamais ni la crainte,
Ni les soupçons épineux,
D'une alliance si sainte
Ne pourront troubler les nœuds ;
Et cette amitié durable,
Qui d'un repos desirable
Fonde en eux le ferme espoir,
Leur rendra toujours sacrée
L'incorruptible durée
De ton suprême pouvoir.

ODE II.

A S. A. S. MONSEIGNEUR LE PRINCE EUGENE DE SAVOIE,

Après la paix de Passarowits.

LES cruels oppresseurs de l'Asie indignée,
Qui, violant la foi d'une paix dédaignée,

Forgeoient déja les fers qu'ils nous avoient promis,
De leur coupable sang ont lavé cette injure,
    Et payé leur parjure
De trois vastes états par nos armes soumis.

Deux fois l'Europe a vu leur brutale furie,
De trois cent mille bras armant la barbarie,
Faire voler la mort au milieu de nos rangs;
Et deux fois on a vu leurs corps sans sépulture
    Devenir la pâture
Des corbeaux affamés et des loups dévorants.

O vous qui, combattant sous les heureux auspices
D'un monarque, du ciel l'amour et les délices,
Avez rempli leurs champs de carnage et de morts;
Vous, par qui le Danube affranchi de sa chaîne
    Peut désormais sans peine
Du Tage débordé réprimer les efforts;

Prince, n'est-il pas temps, après tant de fatigues,
De goûter un repos que les destins prodigues,
Pour prix de vos exploits, accordent aux humains?
N'osez-vous profiter de vos travaux sans nombre,
    Et vous asseoir à l'ombre
Des paisibles lauriers moissonnés par vos mains?

Non, ce seroit en vain que la paix renaissante
Rendroit à nos cités leur pompe florissante,
Si ses charmes flatteurs vous pouvoient éblouir:
Son bonheur, sa durée impose à votre zèle

Une charge nouvelle;
Et vous êtes le seul qui n'osez en jouir.

Mais quel heureux génie, au milieu de vos veilles,
Vous rend encore épris des savantes merveilles
Qui firent de tout temps l'objet de votre amour ?
Pouvez-vous des neuf sœurs concilier les charmes
Avec le bruit des armes,
Le poids du ministère, et les soins de la cour ?

Vous le pouvez, sans doute; et cet accord illustre,
Peu connu des héros sans éloge et sans lustre,
Fut toujours réservé pour les héros fameux :
C'est aux grands hommes seuls à sentir le mérite
D'un art qui ressuscite
L'héroïque vertu des grands hommes comme eux.

Leurs hauts faits peuvent seuls enflammer le génie
De ces enfants chéris du dieu de l'harmonie,
Dont l'immortelle voix se consacre aux guerriers :
Une gloire commune, un même honneur anime
Leur tendresse unanime;
Et leur front fut toujours ceint des mêmes lauriers.

Entre tous les mortels que l'univers voit naître,
Peu doivent aux aieux dont ils tiennent leur être
Le respect de la terre, et la faveur des rois :
Deux moyens seulement d'illustrer leur naissance
Sont mis en leur puissance;
Les sublimes talents, et les fameux exploits.

C'est par là qu'au travers de la foule importune
Tant d'hommes renommés, malgré leur infortune,
Se sont fait un destin illustre et glorieux ;
Et que leurs noms, vainqueurs de la nuit la plus sombre,
Ont su dissiper l'ombre
Dont les obscurcissoit le sort injurieux.

Dans l'enfance du monde encor tendre et fragile,
Quand le souffle des dieux eut animé l'argile
Dont les premiers humains avoient été pétris,
Leurs rangs n'étoient marqués d'aucune différence,
Et nulle préférence
Ne distinguoit encor leur mérite et leur prix.

Mais ceux qui, pénétrés de cette ardeur divine,
Sentirent les premiers leur sublime origine,
S'élevèrent bientôt par un vol généreux ;
Et ce céleste feu dont ils tenoient la vie
Leur fit naître l'envie
D'éclairer l'univers et de le rendre heureux.

De là ces arts divins, en tant de biens fertiles ;
De là ces saintes lois, dont les règles utiles
Firent chérir la paix, honorer les autels ;
Et de là ce respect des peuples du vieil âge,
Dont le pieux hommage
Plaça leurs bienfaiteurs au rang des immortels.

Les dieux dans leur séjour reçurent les grands hommes·
Le reste, confondus dans la foule où nous sommes,

Jouissoient des travaux de leurs sages aïeux ;
Lorsque l'ambition, la discorde, et la guerre,
   Vils enfants de la terre,
Vinrent troubler la paix de ces enfants des dieux.

Alors, pour soutenir la débile innocence,
Pour réprimer l'audace, et domter la licence,
Il fallut à la gloire immoler le repos :
Les veilles, les combats, les travaux mémorables,
   Les périls honorables,
Furent l'unique emploi des rois et des héros.

Mais combien de grands noms, couverts d'ombres
   funèbres,
Sans les écrits divins qui les rendent célèbres,
Dans l'éternel oubli languiroient inconnus !
Il n'est rien que le temps n'absorbe et ne dévore ;
   Et les faits qu'on ignore
Sont bien peu différents des faits non avenus.

Non, non, sans le secours des filles de mémoire,
Vous vous flattez en vain, partisans de la gloire,
D'assurer à vos noms un heureux souvenir :
Si la main des neuf sœurs ne pare vos trophées,
   Vos vertus étouffées
N'éclaireront jamais les yeux de l'avenir.

Vous arrosez le champ de ces nymphes sublimes :
Mais vous savez aussi que vos faits magnanimes
Ont besoin des lauriers cueillis dans leur vallon :

Ne cherchons point ailleurs la cause sympathique
De l'alliance antique
Des favoris de Mars avec ceux d'Apollon.

Ce n'est point chez ce dieu qu'habite la fortune ;
Son art, peu profitable à la vertu commune,
Au vice qui le craint fut toujours odieux :
Il n'appartient qu'à ceux que leurs vertus suprêmes
Égalent aux dieux mêmes
De savoir estimer le langage des dieux.

Vous, qu'ils ont pénétré de leur plus vive flamme,
Vous, qui leur ressemblez par tous les dons de l'ame
Non moins que par l'éclat de vos faits lumineux,
Ne désavouez point une muse fidèle,
Et souffrez que son zèle
Puisse honorer en vous ce qu'elle admire en eux.

Souffrez qu'à vos neveux elle laisse une image
De ce qu'ont de plus grand l'héroïque courage,
L'inébranlable foi, l'honneur, la probité,
Et mille autres vertus qui, mieux que vos victoires,
Feront de nos histoires
Le modèle éternel de la postérité.

Cependant, occupé de soins plus pacifiques,
Achevez d'embellir ces jardins magnifiques,
De vos travaux guerriers nobles délassements :
Et rendez-nous encor, par vos doctes largesses,

Les savantes richesses
Que vit périr l'Égypte en ses embrasements.

Dans nos arts florissants quelle adresse pompeuse,
Dans nos doctes écrits quelle beauté trompeuse,
Peuvent se dérober à vos vives clartés ?
Et, dans l'obscurité des plus sombres retraites,
Quelles vertus secrètes,
Quel mérite timide échappe à vos bontés.

Je n'en ressens que trop l'influence féconde :
Tandis que votre bras faisoit le sort du monde,
Vos bienfait ont daignés descendre jusqu'à moi,
Et me rendre, peut-être à moi seul chérissable
La gloire périssable
Des stériles travaux qui font tout mon emploi.

C'est ainsi qu'au milieu des palmes les plus belles
Le vainqueur généreux du Granique et d'Arbelles
Cultivoit les talents, honoroit le savoir,
Et de Chérile même excusant la manie,
Au défaut du génie,
Récompensoit en lui le desir d'en avoir.

ODE III.

A L'IMPÉRATRICE AMÉLIE.

Muse qui, des vrais Alcées
Soutenant l'activité,
A leurs captives pensées
Fais trouver la liberté,
Viens à ma timide verve,
Que le froid repos énerve,
Redonner un feu nouveau ;
Et délivre ma Minerve
Des prisons de mon cerveau.

Si la céleste puissance,
Pour l'honneur de ses autels,
Vouloit rendre l'innocence
Aux infortunés mortels ;
Et si l'aimable Cybèle
Sur cette terre infidèle
Daignoit redescendre encor,
Pour faire vivre avec elle
Les vertus de l'âge d'or ;

Quels organes, quels ministres
Dignes d'obtenir son choix,

Pourroient, en ces temps sinistres,
Nous faire entendre sa voix ?
Seroient-ce ces doctes mages,
Des peuples de tous les âges
Réformateurs consacrés,
Bien moins pour les rendre sages
Que pour en être honorés ?

Mais les divines merveilles
Qui font chérir leurs leçons
Dans nos superbes oreilles
N'exciteroient que des sons :
Quel siècle plus mémorable
Vit d'un glaive secourable
Le vice mieux combattu ?
Et quel siècle misérable
Vit régner moins de vertu ?

L'éloquence des paroles
N'est que l'art ingénieux
D'amuser nos sens frivoles
Par des tours harmonieux :
Pour rendre un peuple traitable,
Vertueux, simple, équitable,
Ami du ciel et des lois,
L'éloquence véritable
Est l'exemple des grands rois.

C'est ce langage visible
Dans nos vrais législateurs

Qui fait la règle infaillible
Des peuples imitateurs :
Contre une loi qui nous gêne
La nature se déchaîne
Et cherche à se révolter ;
Mais l'exemple nous entraîne,
Et nous force à l'imiter.

En vous, en votre sagesse,
De ce principe constant
Je vois, auguste princesse,
Un témoignage éclatant ;
Et dans la splendeur divine
De ces vertus qu'illumine
Tout l'éclat du plus grand jour
Je reconnais l'origine
Des vertus de votre cour.

La bonté qui brille en elle
De ses charmes les plus doux
Est une image de celle
Qu'elle voit briller en vous ;
Et, par vous seule enrichie,
Sa politesse, affranchie
Des moindres obscurités,
Est la lueur réfléchie
De vos sublimes clartés.

Et quel âge si fertile,
Quel règne si renommé,

Vit d'un éclat plus utile
Le diadême animé ?
Quelle piété profonde,
Quelle lumière féconde
En nobles instructions,
Du premier trône du monde
Rehaussa mieux les rayons ?

Des héros de ses écoles
La Grèce a beau se targuer ;
La pompe de leurs paroles
Ne m'apprend qu'à distinguer,
De l'autorité puissante
D'une sagesse agissante
Qui règne sur mes esprits,
La sagesse languissante
Que j'honore en leurs écrits.

Non, non, la philosophie
En vain se fait exalter ;
On n'écoute que la vie
De ceux qu'on doit imiter :
Vous seuls, ô divine race,
Grands rois, qui tenez la place
Des rois au ciel retirés,
Pouvez conserver la trace
De leurs exemples sacrés.

Pendant a courte durée
De cet âge radieux

Qui vit la terre honorée
De la présence des dieux,
L'homme, instruit par l'habitude,
Marchant avec certitude
Dans leurs sentiers lumineux,
Imitoit, sans autre étude,
Ce qu'il admiroit en eux.

Dans l'innocence première
Affermi par ce pouvoir,
Chacun puisoit sa lumière
Aux sources du vrai savoir,
Et, dans ce céleste livre,
Des leçons qu'il devoit suivre
Toujours prêt à se nourrir,
Préféroit l'art de bien vivre
A l'art de bien discourir.

Mais dès que ces heureux guides,
Transportés loin de nos yeux,
Sur l'aile des vents rapides
S'envolèrent vers les cieux,
La science opiniâtre,
De son mérite idolâtre,
Vint au milieu des clameurs
Édifier son théâtre
Sur la ruine des mœurs.

Dès-lors, avec l'assurance
De s'attirer nos tributs,

La fastueuse éloquence
Prit la place des vertus :
L'art forma leur caractère ;
Et de la sagesse austère
L'aimable simplicité
Ne devint plus qu'un mystère
Par l'amour-propre inventé.

Dépouillez donc votre écorce,
Philosophes sourcilleux ;
Et, pour nous prouver la force
De vos secours merveilleux,
Montrez-nous, depuis Pandore,
Tous les vices qu'on abhorre
En terre mieux établis
Qu'aux siècles que l'on honore
Du nom de siècles polis.

Avant que, dans l'Italie,
Sous de sinistres aspects,
La vertu se fût polie
Par le mélange des Grecs,
La foi, l'honneur, la constance,
L'intrépide résistance
Dans les plus mortels dangers,
Y régnoient sans l'assistance
Des préceptes étrangers.

Mais, malgré l'exemple antique
Elle laissa dans son sein

Des disciples du portique
Glisser le premier essaim :
Rome, en les voyant paroître,
Cessa de se reconnoître
Dans ses tristes rejetons ;
Et le même âge vit naître
Les Gracques et les Catons.

~~~~~~~~~~~~~~~~~~~~~~~~~~~~~~~~~~

ODE IV.

AU ROI DE LA GRANDE BRETAGNE.

Tandis que l'Europe étonnée
Voit ses peuples les plus puissants
Traîner dans les besoins pressants
Une importune destinée,
Grand roi, loin de ton peuple heureux,
Quel dieu propice et généreux,
Détournant ces tristes nuages,
Semble pour lui seul désormais
Réserver tous les avantages
De la victoire et de la paix ?

Quelle inconcevable puissance
Fait fleurir sa gloire au dehors ?
Quel amas d'immenses trésors
Dans son sein nourrit l'abondance ?
La Tamise, reine des eaux

Voit ses innombrables vaisseaux
Porter sa loi dans les deux mondes,
Et forcer jusqu'au dieu des mers
D'enrichir ses rives fécondes
Des tributs de tout l'univers.

De cette pompeuse largesse
Ici tout partage le prix;
A l'aspect de ces murs chéris
La pauvreté devient richesse:
Dieux! quel déluge d'habitants
Y brave depuis si long-temps
L'indigence, ailleurs si commune!
Quel prodige encore une fois
Semble y faire de la fortune
L'exécutrice de ses lois?

Peuples, vous devez le connoître:
Ce comble de félicité
N'est dû qu'à la sage équité
Du meilleur roi qu'on ait vu naître:
De vos biens, comme de vos maux,
Les gouvernements inégaux
Ont toujours été la semence:
Vos rois sont, dans la main des dieux,
Les instruments de la clémence
Ou de la colère des cieux.

Oui, grand prince, j'ose le dire,
Tes sujets, de biens si comblés,

Languiroient peut-être accablés
Sous le joug de tout autre empire :
Le ciel, jaloux de leur grandeur,
Pour en assurer la splendeur
Leur devoit un maître équitable,
Qui préférât leurs libertés
A la justice incontestable
De ses droits les plus respectés.

Mais, grand roi, de ces droits sublimes
Le sacrifice généreux
T'assure d'autres droits sur eux,
Bien plus forts et plus légitimes :
Les faveurs qu'ils tiennent de toi
Sont des ressources de leur Foi
Toujours prêtes pour ta défense,
Qui leur font chérir leur devoir,
Et qui n'augmentent leur puissance
Que pour affermir ton pouvoir.

Un roi qui ravit par contrainte
Ce que l'amour doit accorder,
Et qui, content de commander,
Ne veut régner que par la crainte,
En vain, fier de ses hauts projets,
Croit, en abaissant ses sujets,
Relever son pouvoir suprême :
Entouré d'esclaves soumis,
Tôt ou tard il devient lui-même
Esclave de ses ennemis.

Combien plus sage et plus habile
Est celui qui, par ses faveurs,
Songe à s'élever dans les cœurs
Un trône durable et tranquille ;
Qui ne connoît point d'autres biens
Que ceux que ses vrais citoyens
De sa bonté peuvent attendre ;
Et qui, prompt à les discerner,
N'ouvre les mains que pour répandre,
Et ne reçoit que pour donner !

Noble et généreuse industrie
Des Antonins et des Titus,
Source de toutes les vertus
D'un vrai père de la patrie !
Hélas ! par ce titre fameux
Peu de princes ont su comme eux
S'affranchir de la main des Parques :
Mais ce nom si rare, grand roi,
Qui jamais d'entre les monarques
S'en rendit plus digne que toi ?

Qui jamais vit le diadème
Armer contre ses ennemis
Un vengeur aux lois plus soumis
Et plus détaché de soi-même ?
La sûreté de tes états
Peut bien, contre quelques ingrats,
Changer ta clémence en justice ;
Mais ce mouvement étranger

Redevient clémence propice
Quand tu n'as plus qu'à te venger.

Et c'est cette clémence auguste
Qui souvent de l'autorité
Établit mieux la sûreté
Que la vengeance la plus juste :
Ainsi le plus grand des Romains,
De ses ennemis inhumains
Confondant les noirs artifices,
Trouva l'art de se faire aimer
De ceux que l'horreur des supplices
N'avoit encor pu désarmer.

Que peut contre toi l'impuissance
De quelques foibles mécontents.
Qui sur l'infortune des temps
Fondent leur dernière espérance,
Lorsque, contre leurs vains souhaits,
Tu réunis par tes bienfaits
La cour, les villes, les provinces ;
Et lorsqu'aidés de ton soutien
Les plus grands rois, les plus grands princes,
Trouvent leur repos dans le tien ?

Jusqu'à toi toujours désunie,
L'Europe, par tes soins heureux,
Voit ses chefs les plus généreux
Inspirés du même génie
Ils ont vu par ta bonne foi

De leurs peuples troublés d'effroi
La crainte heureusement déçue,
Et déracinée à jamais
La haine si souvent reçue
En survivance de la paix.

Poursuis, monarque magnanime :
Achève de leur inspirer
Le desir de persévérer
Dans cette concorde unanime :
Commande à ta propre valeur
D'éteindre en toi cette chaleur
Qu'allume ton goût pour la gloire ;
Et donne au repos des humains
Tous les lauriers que la victoire
Offre à tes invincibles mains.

Mais vous, peuples à sa puissance
Associés par tant de droits,
Songez que de toutes vos lois
La plus sainte est l'obéissance :
Craignez le zèle séducteur
Qui, sous le prétexte flatteur
D'une liberté plus durable,
Plonge souvent, sans le vouloir,
Dans le chaos inséparable
De l'abus d'un trop grand pouvoir.

Athènes, l'honneur de la Grèce,
Et, comme vous, reine des mers

Eût toujours rempli l'univers
De sa gloire et de sa sagesse ;
Mais son peuple, trop peu soumis,
Ne put dans les termes permis
Contenir sa puissance extrème,
Et, trahi par la vanité,
Trouva, dans sa liberté même,
La perte de sa liberté.

ODE V.

AU ROI DE POLOGNE,

Sur les vœux que les peuples de Saxe font pour le retour de sa majesté.

C'EST trop long-temps, grand roi, différer ta pro-
    messe,
Et d'un peuple qui t'aime épuiser les desirs :
Reviens de ta patrie en proie à la tristesse
    Calmer les déplaisirs.

Elle attend ton retour, comme une tendre épouse
Attend son jeune époux absent depuis un an,
Et que retient encor sur son onde jalouse
    L'infidèle océan.

Plongée, à ton départ, dans une nuit obscure,
Ses yeux n'ont vu lever que de tristes soleils :
Rends-lui par ta présence une clarté plus pure
　　　　Et des jours plus vermeils.

Mais non ; je vois l'erreur du zèle qui m'anime :
Ta patrie est par-tout, grand roi, je le sais bien,
Où peut de tes états le bonheur légitime
　　　　Exiger ton soutien.

Les peuples nés aux bords que la Vistule arrose
Sont, par adoption, devenus tes enfants :
Tu leur dois compte enfin, le devoir te l'impose,
　　　　De tes jours triomphants.

N'ont-ils pas vu ton bras, au milieu des alarmes,
Même avant qu'à ta loi leur choix les eût soumis,
Faire jadis l'essai de tes premières armes
　　　　Contre leurs ennemis ?

Cent fois d'une puissance impie et sacrilége
Leurs yeux t'ont vu braver les feux, les javelots,
Et, le fer à la main, briguer le privilége
　　　　De mourir en héros.

Ce n'est pas que le feu de ta valeur altière
N'eût pour premier objet la gloire et les lauriers :
Tu ne cherchois alors qu'à t'ouvrir la barrière
　　　　Du temple des guerriers.

En mille autres combats, sous l'œil de la Victoire,
Des plus affreux dangers affrontant le concours,
Tu semblois ne vouloir assurer ta mémoire
    Qu'aux dépens de tes jours.

Telle est de tes pareils l'ardeur héréditaire :
Ils savent qu'un héros par son rang exalté
Ne doit qu'à la vertu ce que doit le vulgaire
    A la nécessité.

Mais le ciel protégeoit une si belle vie :
Il vouloit voir sur toi ses desseins accomplis,
Et par toi relever au sein de ta patrie
    Ses honneurs abolis.

Un royaume fameux, fondé par tes ancêtres,
Devoit mettre en tes mains la suprême grandeur,
Et ses peuples par toi voir de leurs premiers maîtres
    Revivre la splendeur.

En vain le nord frémit, et fait gronder l'orage
Qui sur eux tout-à-coup va fondre avec effroi :
Le ciel t'offre un péril digne de ton courage ;
    Mais il combat pour toi.

Ce superbe ennemi des princes de la terre,
Contre eux, contre leurs droits, si fièrement armé,
Tombe, et meurt foudroyé par le même tonnerre
    Qu'il avoit allumé.

Tu règnes cependant ; et tes sujets tranquilles
Vivent sous ton appui dans un calme profond,
A couvert des larcins et des courses agiles
      Du Scythe vagabond.

Les troupeaux rassurés broutent l'herbe sauvage ;
Le laboureur content cultive ses guérets ;
Le voyageur est libre, et sans peur du pillage
      Traverse les forêts.

Le peuple ne craint plus de tyran qui l'opprime ;
Le foible est soulagé, l'orgueilleux abattu ;
La force craint la loi ; la peine suit le crime ;
      Le prix suit la vertu.

Grand roi, si le bonheur d'un royaume paisible
Fait la félicité d'un prince généreux,
Quel héros couronné, quel monarque invincible
      Fut jamais plus heureux ?

Quelle alliance enfin plus noble et plus sacrée,
Éternisant ta gloire en ta postérité,
Pouvoit mieux affermir l'infaillible durée
      De ta prospérité ?

Ce sont là les faveurs dont la bonté céleste
A payé ton retour au culte fortuné
Que tes pères, séduits par un guide funeste,
      Avoient abandonné.

N'en doute point, grand roi ; c'est l'arbitre suprême
Qui, pour mieux t'élever voulut t'assujettir,
Et qui couronne en toi les faveurs que lui-même
    Daigna te départir.

C'est ainsi qu'autrefois dans les eaux de sa grace
Des fiers héros saxons il lava les forfaits,
Afin de faire un jour éclater sur leur race
    Sa gloire et ses bienfaits.

L'empire fut le prix de leur obéissance :
Il choisit les Othons, et voulut par leurs mains
Du joug des Albérics et des fers de Crescence
    Affranchir les Romains.

Dès-lors (que ne peut point un exemple sublime
Transmis des souverains au reste des mortels !)
L'univers vit par-tout un encens légitime
    Fumer sur ses autels.

Des héros de leur sang la piété soumise
Triompha six cents ans avec le même éclat,
Sans jamais séparer l'étendard de l'église
    Des drapeaux de l'état.

Rome enfin ne voyoit dans ces augustes princes
Que des fils généreux qui, fermes dans sa loi,
Maintenoient la splendeur de leurs vastes provinces
    Par celle de la foi.

O siècles lumineux, votre clarté célèbre
Devoit-elle à leurs yeux dérober son flambeau ?
Falloit-il que la nuit vînt d'un voile funèbre
      Couvrir un jour si beau ?

L'héritier de leur nom, l'héritier de leur gloire,
Ose applaudir, que dis-je ? ose appuyer l'erreur,
Et d'un vil apostat, l'opprobre de l'histoire,
      Adopter la fureur.

L'auguste vérité le voit s'armer contre elle,
Et, sous le nom du ciel combattant pour l'enfer,
Tout le nord révolté soutenir sa querelle
      Par la flamme et le fer.

Ah ! c'en est trop ! je cède à ma douleur amère ;
Retirons-nous, dit-elle, en de plus doux climats ;
Et cherchons des enfants qui du sang de leur mère
      Ne souillent point leurs bras.

Fils ingrat, c'est par toi que mon malheur s'achève ;
Tu détruis mon pouvoir : mais le tien va finir ;
Un Dieu vengeur te suit ; tremble ; son bras se lève
      Tout prêt à te punir.

Je vois, je vois le trône où ta fureur s'exerce
Tomber sur tes neveux de sa chûte écrasés,
Comme un chêne orgueilleux que l'orage renverse
      Sur ses rameaux brisés.

Mais sur ce tronc aride une branche élevée
Doit un jour réparer ses débris éclatants,
Par mes mains et pour moi nourrie et conservée
    Jusqu'à la fin des temps.

Rejeton fortuné de cette tige illustre,
Un prince aimé des cieux rentrera sous mes lois;
Et mes autels détruits reprendront tout le lustre
    Qu'ils eurent autrefois.

Je régnerai par lui sur des peuples rebelles;
Il régnera par moi sur des peuples soumis;
Et j'anéantirai les complots infidèles
    De tous leurs ennemis.

Peuples vraiment heureux! veuillent les destinées
De son empire aimable éterniser le cours,
Et, pour votre bonheur, prolonger ses années
    Aux dépens de vos jours!

Puisse l'auguste fils qui marche sur ses traces,
Et que le ciel lui-même a pris soin d'éclairer,
Conserver à jamais les vertus et les graces
    Qui le font adorer!

Digne fruit d'une race en héros si féconde,
Puisse-t-il égaler leur gloire et leurs exploits,
Et devenir, comme eux, les délices du monde
    Et l'exemple des rois!

ODE VI,

SUR LES DIVINITÉS POÉTIQUES.

C'est vous encor que je réclame,
Muses, dont les accords hardis
Dans les sens les plus engourdis
Versent cette céleste flamme
Qui dissipe leur sombre nuit,
Et qui, flambeau sacré de l'ame,
L'éclaire, l'échauffe, et l'instruit.

Nymphes, à qui le ciel indique
Ses mystères les plus secrets,
Je viens chercher dans vos forêts
L'origine et la source antique
De ces dieux, fantômes charmants,
De votre verve prophétique
Indisputables éléments.

Je la vois; c'est l'ombre d'Alcée
Qui me la découvre à l'instant,
Et qui déja, d'un œil content,
Dévoile à ma vue empressée
Ces déités d'adoption,
Synonymes de la pensée,
Symboles de l'abstraction.

C'est lui ; la foule qui l'admire
Voit encore , au son de ses vers ,
Fuir ces tyrans de l'univers
Dont il extermina l'empire :
Mais déja , sur de nouveaux tons ,
Je l'entends accorder sa lyre :
Il s'approche ; il parle ; écoutons.

Des sociétés temporelles
Le premier lien est la voix ,
Qu'en divers sons l'homme , à son choix ,
Modifie et fléchit pour elles ;
Signes communs et naturels ,
Où les ames incorporelles
Se tracent aux sens corporels.

Mais , pour peindre à l'intelligence
Leurs immatériels objets ,
Ces signes , à l'erreur sujets ,
Ont besoin de son indulgence ;
Et , dans leurs secours impuissants ,
Nous sentons toujours l'indigence
Du ministère de nos sens.

Le fameux chantre d'Ionie
Trouva dans ses tableaux heureux
Le secret d'établir entre eux
Une mutuelle harmonie :
Et ce commerce leur apprit

L'art inventé par Uranie
De peindre l'esprit à l'esprit.

Sur la scène incompréhensible
De cet interprète des dieux
Tout sentiment s'exprime aux yeux,
Tout devient image sensible ;
Et, par un magique pouvoir,
Tout semble prendre un corps visible,
Vivre, parler, et se mouvoir.

Oui, c'est toi, peintre inestimable,
Trompette d'Achille et d'Hector,
Par qui de l'heureux siècle d'or
L'homme entend le langage aimable,
Et voit dans la variété
Des portraits menteurs de la fable
Les rayons de la vérité.

Il voit l'arbitre du tonnerre
Réglant le sort par ses arrêts :
Il voit sous les yeux de Cérès
Croître les trésors de la terre :
Il reconnoît le dieu des mers
A ces sons qui calment la guerre
Qu'Éole excitoit dans les airs.

Si dans un combat homicide
Le devoir engage ses jours,
Pallas, volant à son secours,

Vient le couvrir de son égide :
S'il se voue au maintien des lois,
C'est Thémis qui lui sert de guide,
Et qui l'assiste en ses emplois.

Plus heureux si son cœur n'aspire
Qu'aux douceurs de la liberté,
Astrée est la divinité
Qui lui fait chérir son empire :
S'il s'élève au sacré vallon,
Son enthousiasme est sa lyre
Qu'il reçoit des mains d'Apollon.

Ainsi consacrant le système
De la sublime fiction,
Homère, nouvel Amphion,
Change, par la vertu suprême
De ses accords doux et savants,
Nos destins, nos passions même,
En êtres réels et vivants.

Ce n'est plus l'homme qui pour plaire
Étale ses dons ingénus ;
Ce sont les Graces, c'est Vénus,
Sa divinité tutélaire :
La sagesse qui brille en lui,
C'est Minerve dont l'œil l'éclaire,
Et dont le bras lui sert d'appui.

L'ardente et fougueuse Bellone

Arme son courage aveuglé :
Les frayeurs dont il est trouble
Sont le flambeau de Tisiphone,
Sa colère est Mars en fureur ;
Et ses remords sont la Gorgone
Dont l'aspect le glace d'horreur.

Le pinceau même d'un Apelle
Peut, dans les temples les plus saints,
Attacher les yeux des humains
A l'objet d'un culte fidèle,
Et peindre sans témérité,
Sous une apparence mortelle,
La divine immortalité.

Vous donc, réformateurs austères
De nos priviléges sacrés,
Et vous non encore éclairés
Sur nos symboliques mystères,
Éloignez-vous, pâles censeurs,
De ces retraites solitaires
Qu'habitent les neuf doctes sœurs.

Ne venez point sur un rivage
Consacré par le plus bel art
Porter un aveugle regard :
Et loin d'elles tout triste sage
Qui, voilé d'un simple maintien,
Sans avoir appris leur language,
Veut jouir de leur entretien!

Ici l'ombre impose silence
Aux doctes accents de sa voix :
Et déja dans le fond des bois,
Impétueuse, elle s'élance ;
Tandis que je cherche des sons
Dignes d'atteindre à l'excellence
De ses immortelles leçons.

ODE VII,

Le devoir et le sort des grands hommes.

Nous honorons du nom de sage
Celui qui, content de son sort,
Et loin des vents et de l'orage
Goûtant les délices du port,
Sait, au milieu de l'abondance,
Dans une noble indépendance
Trouver la gloire et le repos ;
Mais cette sagesse tranquille,
Vertu dans un mortel stérile,
N'est point vertu dans un héros.

Pour jouir d'une paix chérie
Les cieux ne nous l'ont point prêté ;
Il est comptable à sa patrie
Des dons qu'il tient de leur bonté :

13

Cette influence souveraine
N'est pour lui qu'une illustre chaîne
Qui l'attache au bonheur d'autrui ;
Tous les brillants qui l'embellissent,
Tous les talents qui l'ennoblissent,
Sont en lui, mais non pas à lui.

Il sait, et c'est un avantage
Peu connu de ses vains rivaux,
Que son véritable partage
Sont les veilles et les travaux ;
Que sur tous les êtres du monde
Des dieux la sagesse profonde
Étend ses regards généreux ;
Et qu'éclos de leurs mains fertiles,
Les uns naissent pour être utiles,
Les autres pour n'être qu'heureux.

Ainsi, victime préparée
Pour le bonheur du genre humain,
Victime non moins consacrée
A l'empire du souverain,
Soit sur la mer, soit sur la terre,
Soit dans la paix, soit dans la guerre,
D'une foi mâle revêtu,
Son prince, dont il est l'organe,
Sa propre vertu le condamne
A s'immoler à sa vertu.

La dépendance est le salaire

Des présents que nous font les cieux :
Un roi parle ; il faut, pour lui plaire,
Quitter sa patrie et ses dieux :
Héros guerriers, héros paisibles,
Il faut à ses lois invincibles
Asservir vos talents vainqueurs :
Partez, volez, ames viriles ;
Courez lui soumettre les villes ;
Allez lui conquérir les cœurs.

Toutefois si de votre zèle
Vous voulez recevoir le prix,
Revenez ; l'absence infidèle
Enfante peu de favoris ;
Les récompenses les plus dues
Sont souvent des dettes perdues
Pour qui tarde à les répéter ;
Et sur l'absent qui les mérite
Le présent qui les sollicite
Est toujours sûr de l'emporter.

Le mérite oublié du maître,
Et souvent même dédaigné,
Ne se fait jamais bien connoître
Dans un point de vue éloigné :
En vain sous d'illustres auspices
Produiroit-il de ses services
Le témoignage glorieux ;
Sa présence est le seul langage

Qui puisse en assurer le gage :
Les rois ont le cœur dans les yeux.

C'est à ces astres vénérables
D'Illuminer ses actions ;
C'est de leurs rayons favorables
Qu'il doit tirer tous ses rayons :
Bientôt leur céleste influence
Va le combler d'une affluence
De biens, de gloire et de splendeurs,
Et, l'éclairant d'un nouveau lustre,
Porter sa destinée illustre
Au plus haut sommet des grandeurs.

Installé dans le rang sublime
Où l'ont placé leurs justes lois,
Il peut d'un pouvoir légitime
Exercer les plus vastes droits ;
Il peut, pour foudroyer le vice,
De la force et de la justice
Réunir le double soutien ;
Il peut enfin, fidèle oracle,
Faire trouver sans nul obstacle
Le bonheur public dans le sien.

Mais si jamais un noir orage,
Long-temps suspendu dans son cours,
Fait sur lui crever le nuage
Elevé durant ses beaux jours ;
C'est alors que, libre de crainte,

Le dépit que masquoit la feinte
Se change en mortelles fureurs,
Et que l'envie empoisonnée,
Par l'impunité déchaînée,
Dépouille toutes ses terreurs.

Sa gloire aussitôt obscurcie,
Vaine ombre d'un jour éclipsé,
Disparoît, souillée et noircie
Par le mensonge intéressé ;
Canal impur, qui, dans leurs courses
Infectant les plus belles sources,
Change en erreur la vérité,
L'industrie en extravagance,
La grandeur d'ame en arrogance,
Et le zèle en témérité.

Tout fuit, tout cherche un nouveau maître :
Ses complaisants les plus flatteurs
Sont les premiers qu'on voit paroître
Entre ses prudents déserteurs :
En vain ses qualités suprêmes
Forcent les témoignages mêmes
A l'équité les moins soumis ;
En vain par ses bontés célèbres
Cent noms sont sortis des ténèbres ;
Les malheureux n'ont point d'amis.

O vous que la bonne fortune
Maintient à l'abri des revers,

De la terre charge importune,
Peuple inutile à l'univers,
Au sein de la béatitude,
Bornez-vous, fixez votre étude
Au choix des plaisirs les plus doux ;
Et, dans l'oisive nonchalance
De votre paisible opulence,
Ne songez qu'à vivre pour vous :

Tandis que le zèle héroïque,
Esclave de sa dignité,
A la félicité publique
Consacrera sa liberté,
Ou, perdu dans la foule obscure,
Et d'une vie ingrate et dure
Traînant les soucis épineux,
Verra, sans murmure et sans peine,
De la prospérité hautaine
Briller le faste dédaigneux.

ODE VIII,

A LA PAIX.

O Paix, tranquille Paix, secourable immortelle,
Fille de l'Harmonie et mère des plaisirs,

Que fais-tu dans les cieux, tandis que de Cybèle
Les sujets désolés t'adressent leurs soupirs ?

Si, par l'ambition de la terre bannie,
Tu crois devoir ta haine à tes profanateurs,
Que t'a fait l'innocence injustement punie
De l'inhumanité de ses persécuteurs ?

Équitable déesse, entends nos voix plaintives ;
Vois ces champs ravagés, vois ces temples brûlants,
Ces peuples éplorés, ces mères fugitives,
Et ces enfants meurtris entre leurs bras sanglants.

De quels débordements de sang et de carnage
La terre a-t-elle vu ses flancs plus engraissés ?
Et quel fleuve jamais vit border son rivage
D'un plus horrible amas de mourants entassés ?

Telle autour d'Ilion la mort livide et blême
Moissonnoit les guerriers de Phrygie et d'Argos,
Dans ces combats affreux où le dieu Mars lui-même
De son sang immortel vit bouillonner les flots.

D'un cri pareil au bruit d'une armée invincible
Qui s'avance au signal d'un combat furieux,
Il ébranla du ciel la voûte inaccessible,
Et vint porter sa plainte au monarque des dieux.

Mais le grand Jupiter, dont la présence auguste
Fait rentrer d'un coup-d'œil l'audace en son devoir,

Interrompant la voix de ce guerrier injuste,
En ces mots foudroyants confondit son espoir :

Va, tyran des mortels, dieu barbare et funeste,
Va faire retentir tes regrets loin de moi ;
De tous les habitants de l'olympe céleste
Nul n'est à mes regards plus odieux que toi.

Tigre, à qui la pitié ne peut se faire entendre,
Tu n'aimes que le meurtre et les embrasements :
Les remparts abattus, les palais mis en cendre,
Sont de ta cruauté les plus doux monuments.

La frayeur et la mort vont sans cesse à ta suite,
Monstre nourri de sang, cœur abreuvé de fiel,
Plus digne de régner sur les bords du Cocyte,
Que de tenir ta place entre les dieux du ciel.

Ah ! lorsque ton orgueil languissait dans les chaînes
Où les fils d'Alous te faisoient soupirer,
Pourquoi, trop peu sensible aux misères humaines,
Mercure, malgré moi, vint-il t'en délivrer ?

La discorde dès-lors avec toi détrônée
Eût été pour toujours reléguée aux enfers ;
Et l'altière Bellone, au repos condamnée,
N'eût jamais exilé la Paix de l'univers.

La Paix, l'aimable Paix, fait bénir son empire ;
Le bien de ses sujets fait son soin le plus cher :

Et toi, fils de Junon, c'est elle qui t'inspire
La fureur de régner par la flamme et le fer.

Chaste Paix, c'est ainsi que le maître du monde
Du fier Mars et de toi sait discerner le prix :
Ton sceptre rend la terre en délices féconde ;
Le sien ne fait régner que les pleurs et les cris.

Pourquoi donc aux malheurs de la terre affligée
Refuser le secours de tes divines mains ?
Pourquoi, du dieu des cieux chérie et protégée,
Céder à ton rival l'empire des humains ?

Je t'entends : c'est en vain que nos vœux unanimes
De l'olympe irrité conjurent le courroux ;
Avant que sa justice ait expié nos crimes,
Il ne t'est pas permis d'habiter parmi nous.

Et quel siècle jamais mérita mieux sa haine ?
Quel âge plus fécond en Titans orgueilleux ?
En quel temps a-t-on vu l'impiété hautaine
Lever contre le ciel un front plus sourcilleux ?

La peur de ses arrêts n'est plus qu'une foiblesse ;
Le blasphême s'érige en noble liberté,
La fraude au double front en prudente sagesse,
Et le mépris des lois en magnanimité.

Voilà, peuples, voilà ce qui sur vos provinces
Du ciel inexorable attire la rigueur ;

Voilà le dieu fatal qui met à tant de princes
La foudre dans les mains , la haine dans le cœur.

Des douceurs de la paix, des horreurs de la guerre,
Un ordre indépendant détermine le choix :
C'est le courroux des rois qui fait armer la terre ;
C'est le courroux des dieux qui fait armer les rois.

C'est par eux que sur nous la suprême vengeance
Exerce les fléaux de sa sévérité ,
Lorsqu'après une longue et stérile indulgence
Nos crimes ont du ciel épuisé la bonté.

Grands dieux , si la rigueur de vos coups légitimes
N'est point encor lassée après tant de malheurs ;
Si tant de sang versé , tant d'illustres victimes,
N'ont point fait de nos yeux couler assez de pleurs ;

Inspirez-nous du moins ce repentir sincère ,
Cette douleur soumise , et ces humbles regrets,
Dont l'hommage peut seul, en ces temps de colère ,
Fléchir l'austérité de vos justes décrets.

Échauffez notre zèle , attendrissez nos ames ,
Élevez nos esprits au céleste séjour ;
Et remplissez nos cœurs de ces ardentes flammes
Qu'allument le devoir , le respect, et l'amour.

Un monarque vainqueur , arbitre de la guerre ,
Arbitre du destin de ses plus fiers rivaux ,

N'attend que ce moment pour poser son tonnerre,
Et pour faire cesser la rigueur de nos maux.

Que dis-je ? ce moment de jour en jour s'avance :
Les dieux sont adoucis, nos vœux sont exaucés :
D'un ministre adoré l'heureuse providence
Veille à notre salut : il vit ; c'en est assez.

Peuples, c'est par lui seul que Bellone asservie
Va se voir enchaîner d'un éternel lien :
C'est à votre bonheur qu'il consacre sa vie ;
C'est à votre repos qu'il immole le sien.

Reviens donc, il est temps que son vœu se consomme,
Reviens, divine Paix, en recueillir le fruit ;
Sur ton char lumineux fais monter ce grand homme ;
Et laisse-toi conduire au dieu qui le conduit.

Ainsi, du ciel calmé rappelant la tendresse,
Puissions-nous voir changer par ses dons souverains
Nos peines en plaisirs, nos pleurs en alégresse,
Et nos obscures nuits en jours purs et sereins !

ODE IX,

A M. LE COMTE DE LANNOI,

GOUVERNEUR DE BRUXELLES,

Sur une maladie de l'auteur, causée par une attaque de paralysie, en 1738.

CELUI qui des cœurs sensibles
Cherche à devenir vainqueur
Doit, pour les rendre flexibles,
Consulter son propre cœur;
C'est notre plus sûr arbitre:
Les dieux ne sont qu'à ce titre
De nos offrandes jaloux;
Si Jupiter veut qu'on l'aime,
C'est qu'il nous prévient lui-même
Par l'amour qu'il a pour nous.

C'est cette noble industrie,
Comte, qui par tant de nœuds
T'attache dans ta patrie
Tous les cœurs et tous les vœux:
Rappelle dans ta pensée,
A la nouvelle annoncée
Du dernier prix de ta foi,

Tous ces torrents de tendresse
Dont la publique alégresse
Signala son feu pour toi.

En moi-même, ô preuve insigne!
Jusqu'où n'a point éclaté
D'un caractère si digne
L'intarissable bonté !
Dans le calme , dans l'orage,
Toujours même témoignage,
Sur-tout dans ces tristes jours
Dont la lumière effacée
De ma planète éclipsée
Me fait sentir le décours.

Malheureux l'homme qui fonde
L'avenir sur le présent,
Et qu'endort au sein de l'onde
Un zéphyre séduisant !
Jamais l'adverse fortune ,
Ma surveillante importune,
Ne parut plus loin de moi ;
Et jamais aux doux mensonges
Des plus agréables songes
Je ne prêtai tant de foi.

C'est dans ces routes fleuries
Où mes volages esprits
Promenoient leurs rêveries,
D'un charme trompeur épris ,

Que, contre moi révoltée,
L'impatiente Adrastée,
Némésis, avoit caché,
Vengeresse impitoyable,
Le précipice effroyable
Où mes pas ont trébuché.

Tel qu'un arbre stable et ferme,
Quand l'hiver par sa rigueur
De la sève qu'il renferme
A refroidi la vigueur,
S'il perd l'utile assistance
Des appuis dont la constance
Soutient ses bras relâchés,
Sa tête altière et hautaine
Cachera bientôt l'arène
Sous ses rameaux desséchés.

Tel, quand le secours robuste
Dont mon corps est étayé
En laisse à mon sang aduste
Régir la foible moitié,
L'autre moitié qui succombe
Hésite, chancelle, tombe,
Et sent que, malgré l'effort
Que sa vertu fait renaître,
Le plus foible est toujours·maître,
Et triomphe du plus fort.

Par mes desirs prévenue,

Près de mon lit douloureux
Déja la mort est venue
Asseoir son squelette affreux ;
Et le regard homicide
De son cortége perfide
Porte à son dernier degré
L'excès toujours plus terrible
D'un accablement horrible
Par l'insomnie ulcéré.

Quelle vapeur vous enivre,
Mortels qui, chéris du sort,
Ne desirez que de vivre,
Et ne craignez que la mort ?
Souvent, malgré leurs promesses,
Vos dignités, vos richesses,
Affligent leurs possesseurs :
Pour les ames généreuses,
Du vrai bonheur amoureuses,
La mort même a ses douceurs.

On a beau se plaindre d'elle ;
Quelque horreur que l'on en ait,
Les guerriers la trouvent belle,
Quand elle vient d'un seul trait
Les frapper à l'improviste :
Mais, juste ciel ! qu'elle est triste,
Et quel rigoureux travail,
Quand ses approches moins vives
Par des pertes successives
Nous détruisent en détail !

Près de ma dernière aurore,
En vain dit-on que les cieux
De quelques beaux jours encore
Pourront éclairer mes yeux :
O promesse imaginaire !
Quel emploi pourrois-je faire,
Soleil, céleste flambeau,
De ta lumière suprême,
Quand la moitié de moi-même
Est déja dans le tombeau ?

Achève donc ton ouvrage,
Viens, ô favorable mort,
De ce caduc assemblage
Rompre le fragile accord :
Par ce coup où je t'invite
Permets que mon corps s'acquitte
De ce qu'il doit au cercueil,
Et que mon ame y révoque
Cette constance équivoque
Dont la douleur est l'écueil.

Ainsi, parmi les ténèbres
Les yeux vainement fermés,
Dans mille pensers funèbres
Mes sens étoient abymés ;
Lorsque d'une voix amie
Mon oreille raffermie
Crut reconnoître les sons :
C'étoit l'ombre de Malherbe,

Qui sur sa lyre superbe
Vint m'adresser ces leçons :

Sous quelles inquiétudes,
Ami, te vois-je abattu?
Que t'ont servi nos études?
Qu'as-tu fait de ta vertu,
Toi qui, disciple d'Horace,
Par les nymphes du Parnasse
Dès ton jeune âge nourri,
Semblois sur ces espérances
Contre toutes les souffrances
T'être fait un sûr abri?

Ignores-tu donc encore
Que tous les fléaux tirés
De la boîte de Pandore
Se sont du monde emparés ;
Que l'ordre de la nature
Soumet la pourpre et la bure
Aux mêmes sujets de pleurs ;
Et que, tout fiers que nous sommes,
Nous naissons tous, foibles hommes,
Tributaires des douleurs ?

Prétendois-tu que les Parques
Dussent, filant tes instants,
Signaler des mêmes marques
Ton hiver et ton printemps ?
Quel dieu te rend si plausible

La jouissance impossible
D'un privilège inoui,
Réservé pour l'empyréc,
Et dont pendant leur durée
Jamais mortels n'ont joui ?

En recevant l'existence
Que le ciel nous daigne offrir,
Nous recevons la sentence
Qui nous condamne à souffrir :
A sa vigueur naturelle
En vain notre corps appelle
De ce décret hasardeux ;
Notre ame subordonnée,
Par les soucis dominée,
Paie assez pour tous les deux.

Quelle fièvre plus cruelle
Que ses mortels déplaisirs,
Quand la fortune infidèle
Vient traverser ses desirs ?
En tout pays, à tout âge,
La douleur est son partage
Jusqu'à l'heure du trépas :
Dans le sein des grandeurs même,
Le sceptre et le diadême
Ne l'en affranchissent pas.

Que dirai-je du supplice
Où l'exposent tous les jours

L'imposture et la malice
Que farde l'art du discours,
Quand elle voit à sa place
L'hypocrisie et l'audace
Triompher de leurs larcins,
Et la timide innocence,
Sans ressource et sans défense,
Livrée à ses assassins?

Si donc par des lois certaines
L'ame et le corps son rempart
Ont leurs plaisirs et leurs peines,
Leurs biens et leurs maux à part;
N'est-ce pas une fortune,
Quand d'une charge commune
Deux moitiés portent le faix,
Que la moindre le réclame,
Et que du bonheur de l'ame
Le corps seul fasse les frais?

L'espérance consolante
D'un plus heureux avenir
De ta douleur accablante
Doit chasser le souvenir:
C'étoit le dernier désastre
Que de ton malheureux astre
Exigeoit l'inimitié:
Calme ton ame inquiète;
Némésis est satisfaite,
Et ton tribut est payé.

ODE X,

A LA POSTÉRITÉ.

Déesse des héros, qu'adorent en idée
Tant d'illustres amants dont l'ardeur hasardée
Ne consacre qu'à toi ses vœux et ses efforts ;
Toi qu'ils ne verront point, que nul n'a jamais vue,
Et dont pour les vivants la faveur suspendue
  Ne s'accorde qu'aux morts ;

Vierge non encor née, en qui tout doit renaître
Quand le temps dévoilé viendra te donner l'être,
Laisse-moi dans ces vers te tracer mes malheurs ;
Et ne refuse pas, arbitre vénérable,
Un regard généreux au récit déplorable
  De mes longues douleurs.

Le ciel, qui me créa sous le plus dur auspice,
Me donna pour tout bien l'amour de la justice,
Un génie ennemi de tout art suborneur,
Une pauvreté fière, une mâle franchise,
Instruite à détester toute fortune acquise
  Aux dépens de l'honneur.

Infortuné trésor ! importune largesse !
Sans le superbe appui de l'heureuse richesse

Quel cœur impunément peut naître généreux ?
Et l'aride vertu, limitée en soi-même,
Que sert-elle, qu'à rendre un malheureux qui l'aime
    Encor plus malheureux ?

Craiutive, dépendante, et toujours poursuivie
Par la malignité, l'intérêt, et l'envie,
Quel espoir de bonheur lui peut être permis,
Si, pour avoir la paix, il faut qu'elle s'abaisse
A toujours se contraindre, et courtiser sans cesse
    Jusqu'à ses ennemis ?

Je n'ai que trop appris qu'en ce monde où nous sommes
Pour souverain mérite on ne demande aux hommes
Qu'un vice complaisant de graces revêtu ;
Et que des ennemis que l'amour propre inspire
Les plus envenimés sont ceux que nous attire
    L'inflexible vertu.

C'est cet amour du vrai, ce zèle antipathique
Contre tout faux brillant, tout éclat sophistique,
Où l'orgueil frauduleux va chercher ses atours,
Qui lui seul suscita cette foule perverse
D'ennemis forcenés dont la rage traverse
    Le repos de mes jours.

Écartons, ont-ils dit, ce censeur intraitable
Que des plus beaux dehors l'attrait inévitable
Ne fit jamais gauchir contre la vérité ;
Détruisons un témoin qu'on ne sauroit séduire ;

Et, pour la garantir, perdons ce qui peut nuire
          A notre vanité.

Inventons un venin dont la vapeur infame,
En soulevant l'esprit, pénètre jusqu'à l'ame ;
Et sous son nom connu répandons ce poison :
N'épargnons contre lui mensonge ni parjure ;
Chez le peuple troublé, la fureur et l'injure
          Tiendront lieu de raison.

Imposteurs effrontés, c'est par cette souplesse
Que j'ai vu tant de fois votre scélératesse
Jusque chez mes amis me chercher des censeurs,
Et, des yeux les plus purs bravant le témoignage,
Défigurer mes traits, et souiller mon visage
          De vos propres noirceurs.

Toutefois, au milieu de l'horrible tempête
Dont malgré ma candeur, pour écraser ma tête,
L'autorité séduite arma leurs passions,
La chaste vérité prit en main ma défense,
Et fit luire en tout temps sur ma foible innocence
          L'éclat de ses rayons.

Aussi, marchant toujours sur mes antiques traces,
Combien n'ai-je pas vu dans mes longues disgraces
D'illustres amitiés consoler mes ennuis,
Constamment honoré de leur noble suffrage,
Sans employer d'autre art que le fidèle usage
          D'être ce que je suis !

Telle est sur nous du ciel la sage providence,
Qui, bornant à ces traits l'effet de sa vengeance,
D'un plus âpre tourment m'épargnoit les horreurs :
Pouvoit-elle acquitter par une moindre voie
La dette des excès d'une jeunesse en proie
    A mes folles erreurs ?

Objets de sa bonté, même dans sa colère,
Enfants toujours chéris de cette tendre mère,
Ce qui nous semble un fruit de son inimitié
N'est en nous que le prix d'une vie infidèle,
Châtiment maternel, qui n'est jamais en elle
    Qu'un effet de pitié.

Révérons sa justice ; adorons sa clémence,
Qui, jusque dans les maux que sa main nous dispense,
Nous présente un moyen d'expier nos forfaits,
Et qui, nous imposant ces peines salutaires,
Nous donne en même temps les secours nécessaires
    Pour en porter le faix.

Juste postérité, qui me feras connoître,
Si mon nom vit encor quand tu viendras à naître,
Donne-moi pour exemple à l'homme infortuné
Qui, courbé sous le poids de son malheur extrême,
Pour asyle dernier n'a que l'asyle même
    Dont il fut détourné.

Dis-lui qu'en mes écrits il contemple l'image
D'un mortel qui, du monde embrassant l'esclavage,

'Trouva, cherchant le bien, le mal qu'il haïssoit,
Et qui, dans ce trompeur et fatal labyrinthe,
De son miel le plus pur vit composer l'absinthe
    Que l'erreur lui versoit.

Heureux encor pourtant, même dans son naufrage,
Que le ciel l'ait toujours assisté d'un courage
Qui de son seul devoir fit sa suprême loi,
Des vils tempéraments combattant la mollesse,
Sans s'exposer jamais par la moindre foiblesse
    A rougir devant toi !

Voilà quel fut celui qui t'adresse sa plainte,
Victime abandonnée à l'envieuse feinte,
De sa seule innocence en vain accompagné ;
Toujours persécuté, mais toujours calme et ferme,
Et, surchargé de jours, n'aspirant plus qu'au terme
    A leur nombre assigné.

Le pinceau de Zeuxis, rival de la nature,
A souvant de ses traits ébauché la peinture ;
Mais du sage lecteur les équitables yeux,
Libres de préjugés, de colère et d'envie,
Verront que ses écrits, vrai tableau de sa vie,
    Le peignent encor mieux.

FIN DES ODES.

ODES

EN MUSIQUE,

OU

CANTATES

ALLÉGORIQUES.

CANTATES.

DIANE.

CANTATE PREMIÉRE.

A peine le soleil au fond des antres sombres
Avoit du haut des cieux précipité les ombres ;
Quand la chaste Diane, à travers les forêts,
  Aperçut un lieu solitaire
Où le fils de Vénus et les dieux de Cythère
  Dormoient sous un ombrage frais :
Surprise, elle s'arrête ; et sa prompte colère
S'exhale en ce discours qu'elle adresse tout bas
A ces dieux endormis, qui ne l'entendent pas ·

  Vous, par qui tant de misérables
  Gémissent sous d'indignes fers,
  Dormez, Amours inexorables,
  Laissez respirer l'univers.

  Profitons de la nuit profonde
  Dont le sommeil couvre leurs yeux ;

Assurons le repos au monde
En brisant leurs traits odieux.

Vous, par qui tant de misérables
Gémissent sous d'indignes fers,
Dormez, Amours inexorables,
Laissez respirer l'univers.

A ces mots elle approche; et ses nymphes timides,
Portant sans bruit leurs pas vers ces dieux homicides,
D'une tremblante main saisissent leurs carquois,
Et bientôt du débris de leurs flèches perfides
    Sèment les plaines et les bois.
Tous les dieux des forêts, des fleuves, des montagnes,
Viennent féliciter leurs heureuses compagnes;
Et, de leurs ennemis bravant les vains efforts,
    Expriment ainsi leurs transports :

    Quel bonheur ! quelle victoire !
    Quel triomphe ! quelle gloire !
    Les Amours sont désarmés.

    Jeunes cœurs, rompez vos chaînes :
    Cessons de craindre les peines
    Dont nous étions alarmés.

    Quel bonheur ! quelle victoire !
    Quel triomphe ! quelle gloire !
    Les Amours sont désarmés.

L'Amour s'éveille au bruit de ces chants d'alégresse :
  Mais quels objets lui sont offerts !
  Quel réveil ! dieux ! quelle tristesse,
Quand de ses dards brisés il voit les champs couverts !
Un trait me reste encor dans ce désordre extrême ;
Perfides, votre exemple instruira l'univers.
Il parle ; le trait vole, et, traversant les airs,
  Va percer Diane elle-même :
  Juste mais trop cruel revers,
Qui signale, grand dieu, ta vengeance suprême !

    Respectons l'Amour
    Tandis qu'il sommeille,
    Et craignons qu'un jour
    Ce dieu ne s'éveille.

    En vain nous romprons
    Tous les traits qu'il darde,
    Si nous ignorons
    Le trait qu'il nous garde.

    Respectons l'Amour
    Tandis qu'il sommeille,
    Et craignons qu'un jour
    Ce dieu ne s'éveille.

ADONIS.

CANTATE II.

Le dieu Mars et Vénus, blessés des mêmes traits,
    Goûtoient les biens les plus parfaits
Qu'aux cœurs bien enflammés le tendre Amour ap-
    prête ;
    Mais ce dieu superbe et jaloux,
D'un œil de conquérant regardant sa conquête,
Fit bientôt aux plaisirs succéder les dégoûts.

    Un cœur jaloux ne fait paroître
    Que des feux qui le font hair ;
    Et, pour être toujours le maître,
    L'amant doit toujours obéir.

    L'Amour ne va point sans les Graces ;
    On n'arrache point ses faveurs :
    L'emportement ni les menaces
    Ne font point le lien des cœurs.

    Un cœur jaloux ne fait paroître
    Que des feux qui le font hair ;
    Et, pour être toujours le maître,
    L'amant doit toujours obéir.

La déesse déja ne craint plus son absence,
Et, cessant de l'aimer sans s'en apercevoir,
Fait atteler son char, pleine d'impatience,
Et vole vers les bords soumis à son pouvoir.
  Là ses jours couloient sans alarmes,
Lorsqu'un jeune chasseur se présente à ses yeux :
Elle croit voir son fils, il en a tous les charmes ;
Jamais rien de plus beau ne parut sous les cieux ;
Et le vainqueur de l'Inde étoit moins gracieux
Le jour que d'Ariane il vint sécher les larmes.

    La froide Naïade
    Sort pour l'admirer ;
    La jeune Dryade
    Cherche à l'attirer ;
    Faune d'un sourire
    Approuve leur choix ;
    Le jaloux Satyre
    Fuit au fond des bois ;
    Et Pan, qui soupire,
    Brise son hautbois.

Il aborde en tremblant la charmante déesse ;
Sa timide pudeur relève ses appas :
  Les Graces, les Ris, la Jeunesse,
  Marchent au-devant de ses pas ;
Et du plus haut des airs l'Amour avec adresse
Fait partir à l'instant le trait dont il les blesse.
  Que désormais Mars en fureur
  Gronde, menace, tonne, éclate ;

Amants, profitez tous de sa jalouse erreur :
Des feux trop violents font souvent une ingrate ;
On oublie aisément un amour qui fait peur,
    En faveur d'un amour qui flatte.

      Que le soin de charmer
      Soit votre unique affaire ;
      Songez que l'art d'aimer
      N'est que celui de plaire.

      Voulez-vous dans vos feux
      Trouver des biens durables ?
      Soyez moins amoureux,
      Devenez plus aimables.

      Que le soin de charmer
      Soit votre unique affaire ;
      Songez que l'art d'aimer
      N'est que celui de plaire.

LE TRIOMPHE DE L'AMOUR.

CANTATE III.

Filles du dieu de l'univers,
Muses, que je me plais dans vos douces retraites !
Que ces rivages frais, que ces bois toujours verts,

Sont propres à charmer les ames inquiètes !
　　　Quel cœur n'oubliroit ses tourments
Au murmure flatteur de cctté onde tranquille ?
Qui pourroit résister aux doux ravissemént̓s
　　　Qu'excite votre voix fertile ?
　　　Non, ce n'est qu'en ces lieux charmants
Que le parfait bonheur a choisi son asyle.

　　　Heureux qui de vos doux plaisirs
　　　Goûte la douceur toujours pure !
　　　Il triomphe des vains desirs,
　　　Et n'obéit qu'à la nature.

　　　Il partage avec les héros
　　　La gloire qui les environne;
　　　Et le puissant dieu de Délos
　　　D'un même laurier les couronne.

　　　Heureux qui de vos doux plaisirs
　　　Goûte la douceur toujours pure !
　　　Il triomphe des vains desirs,
　　　Et n'obéit qu'a la nature.

Mais que vois-je, grands dieux! quels magiques efforts
　　　Changent la face de ces bords !
Quelles danses! quels jeux! quels concerts d'alégresse !
Les Graces, les Plaisirs, les Ris et la Jeunesse,
　　　Se rassemblent de toutes parts.
Quel songe me transporte au-dessus du tonnerre ?

Je ne recounois point la terre
Au spectacle enchanteur qui frappe mes regards.

Est-ce la cour suprême
Du souverain des dieux ?
Ou Vénus elle-même
Descend-elle des cieux ?

Les compagnes de Flore
Parfument ces côteaux ;
Une nouvelle Aurore
Semble sortir des eaux ;
Et l'olympe se dore
De ses feux les plus beaux.

Est-ce la cour suprême
Du souverain des dieux ?
Ou Vénus elle-même
Descend-elle des cieux ?

Nymphes, quel est ce dieu qui reçoit votre hommage'
Pourquoi cet arc et ce bandeau ?
Quel charme en le voyant, quel prodige nouveau
De mes sens interdits me dérobe l'usage ?
Il s'approche ; il me tend une innocente main :
Venez, cher tyran de mon ame,
Venez, je vous fuirois en vain ;
Et je vous reconnois à ces traits pleins de flamme
Que vous-allumez dans mon sein.

A̓dieu, Muses, adieu ; je renonce à l'envie
De mériter les biens dont vous m'avez flatté ;
    Je renonce à ma liberté :
Sous de trop douces lois mon ame est asservie ;
Et je suis plus heureux dans ma captivité,
    Que je ne le fus de ma vie
Dans le triste bonheur dont j'étois enchanté.

L'HYMEN.

CANTATE IV.

Ce fut vers cette rive où Junon adorée
Des peuples de Sidon reçoit les vœux offerts
    Que la divine Cythérée
Pour la première fois parut dans l'univers.
    Jamais beauté plus admirée
    Ne brilla sur les vastes mers :
Les Tritons, rassemblés de mille endroits divers,
Autour d'elle flottoient sur l'onde tempérée ;
    Et les filles du vieux Nérée
Faisoient devant son char retenir ces concerts :

    Qu'Éole en ces gouffres enchaîne
    Les vents, ennemis des beaux jours ;
    Qu'il domte leur bruyante haleine,

15.

Et ne permette qu'aux Amours
De voler sur l'humide plaine.

Dieux du ciel, venez en ces lieux
Admirer un objet si rare :
Avouez que, même à vos yeux,
Les beautés dont la mer se pare
Effacent les beautés des cieux.

Qu'Éole en ses gouffres enchaîne
Les vents, ennemis des beaux jours;
Qu'il dompte leur bruyante haleine,
Et ne permette qu'aux Amours
De voler sur l'humide plaine.

Jalouse de l'éclat de ces honneurs nouveaux,
Amphitrite se cache au plus profond des eaux.
Cependant Palémon conduisoit l'immortelle
Vers cette île enchantée où tendoient ses souhaits;
Et c'est là que la terre, à sa gloire fidèle,
Met le comble aux honneurs qu'ont reçus ses attraits

L'amant de l'Aurore
Des yeux qu'il adore
Perd le souvenir :
La timide Flore
Craint de perdre encore
Son jeune Zéphyr :
De sa grace extrême
Minerve elle-même

Reconnoît le prix ;
Et par sa surprise
Junon autorise
Le choix de Pâris.

Frappés de l'éclat de ses yeux,
Neptune, Jupiter, que dis-je ? tous les dieux
En font l'objet de leurs conquêtes ;
Ils vont tous de l'Hymen implorer les faveurs.
Les faveurs de l'Hymen ! aveugles que vous êtes,
L'Hymen est-il donc fait pour assortir les cœurs ?
Jupiter étoit roi du monde ;
Neptune commandoit sur l'onde ;
Mars avoit pour partage un courage indomté,
Mercure la jeunesse, Apollon la beauté.

Si de ces dieux l'Amour eût été le refuge,
Entre eux du moins son choix se seroit déclaré ;
Mais ils prirent l'Hymen pour juge,
Et Vulcain se vit préféré.

Hymen, quand le sort t'outrage,
Ne t'en prends point à l'amour :
De son plus doux héritage
Tu t'enrichis chaque jour ;
Souffre que de ton partage
Il s'enrichisse à son tour.

Souvent par un juste échange
Il t'enlève tes sujets :

Tu lui fais un crime étrange
De quelques larcins secrets ;
Mais c'est ainsi qu'il se venge
Des larcins que tu lui fais.

~~~~~~

AMYMONE.

CANTATE V.

Sur les rives d'Argos, près de ces bords arides
Où la mer vient briser ses flots impétueux,
     La plus jeune des Danaïdes,
Amymone, imploroit l'assistance des dieux ;
Un Faune poursuivoit cette belle craintive :
     Et levant ses mains vers les cieux,
Neptune, disoit-elle, entends ma voix plaintive,
Sauve-moi des transports d'un amant furieux :

     A l'innocence poursuivie,
     Grand dieu, daigne offrir ton secours ;
     Protège ma gloire et ma vie
     Contre de coupables amours.

     Hélas ! ma prière inutile
     Se perdra-t-elle dans les airs ?
     Ne me reste-t-il plus d'asyle
     Que le vaste abyme des mers ?

A l'innocence poursuivie,
Grand dieu, daigne offrir ton secours ;
Protège ma gloire et ma vie
Contre de coupables amours.

La Danaïde en pleurs faisoit ainsi sa plainte,
Lorsque le dieu des eaux vint dissiper sa crainte.
Il s'avance entouré d'une superbe cour :
Tel jadis il parut aux regards d'Amphitrite,
Quand il fit marcher à sa suite
L'Hyménée et le dieu d'amour.
Le Faune à son aspect s'éloigne du rivage ;
Et Neptune, enchanté, surpris,
L'amour peint dans les yeux, adresse ce langage
A l'objet dont il est épris :

Triomphez, belle princesse,
Des amants audacieux :
Ne cédez qu'à la tendresse
De qui sait aimer le mieux.

Heureux le cœur qui vous aime,
S'il étoit aimé de vous !
Dans les bras de Vénus même
Mars en deviendroit jaloux.

Triomphez, belle princesse,
Des amants audacieux :
Ne cédez qu'à la tendresse
De qui sait aimer le mieux.

Qu'il est facile aux dieux de séduire une belle !
Tout parloit en faveur de Neptune amoureux,
    L'éclat d'une cour immortelle,
Le mérite récent d'un secours généreux.
Dieux ! quel secours ! Amour, ce sont là de tes jeux.
Quel Satyre eût été plus à craindre pour elle ?
Thétis, en rougissant, détourna ses regards :
Doris se replongea dans ses grottes humides,
Et par cette leçon apprit aux Néréides
    A fuir de semblables hasards.

    Tous les amants savent feindre ;
    Nymphes, craignez leurs appas :
    Le péril le plus à craindre
    Est celui qu'on ne craint pas.

    L'audace d'un téméraire
    Est aisée à surmonter :
    C'est l'amant qui sait nous plaire
    Que nous devons redouter.

    Tous les amants savent feindre ;
    Nymphes, craignez leurs appas :
    Le péril le plus à craindre
    Est celui qu'on ne craint pas.

THÉTIS.

CANTATE VI.

Près de l'humide empire où Vénus prit naissance,
Dans un bois consacré par le malheur d'Atys,
Le Sommeil et l'Amour, tous deux d'intelligence,
A l'amoureux Pélée avoient livré Thétis.
Qu'eût fait Minerve même en cet état réduite ?
Mais, dans l'art de Protée en sa jeunesse instruite,
Elle sut éluder un amant furieux :
D'une ardente lionne elle prend l'apparence.
Il s'émut ; et, tandis qu'il songe à sa défense,
La nymphe, en rugissant, se dérobe à ses yeux.

    Où fuyez-vous, déesse inexorable,
    Cruel lion de carnage altéré ?
    Que craignez-vous d'un amant misérable
    Que vos rigueurs ont déja déchiré ?

    Il ne craint point une mort rigoureuse ;
    Il s'offre à vous sans armes, sans secours ;
    Et votre fuite est pour lui plus affreuse
    Que les lions, les tigres, et les ours.

    Où fuyez-vous, déesse inexorable,
    Cruel lion de carnage altéré ?

Que craignez-vous d'un amant misérable
Que vos rigueurs ont déja déchiré ?

Ce héros malheureux exprimoit en ces mots
  Sa honte et sa douleur extrême,
  Quand tout-à-coup du fond des flots
  Protée apparoissant lui-même,
Que fais-tu, lui dit-il, foible et timide amant ?
Pourquoi troubler les airs de plaintes éternelles ?
  Est-ce d'aujourd'hui que les belles
  Ont recours au déguisement ?
Répare ton erreur : la nymphe qui te charme
  Va rentrer dans le sein des mers :
Attends-la sur ces bords ; mais que rien ne t'alarme :
Et songe que tu dois Achille à l'univers.

   Le guerrier qui délibère
   Fait mal sa cour au dieu Mars :
   L'amant ne triomphe guère
   S'il n'affronte les hasards.

   Quand le péril nous étonne,
   N'importunons point les dieux :
   Vénus, ainsi que Bellone,
   Aime les audacieux.

   Le guerrier qui délibère
   Fait mal sa cour au dieu Mars :
   L'amant ne triomphe guère
   S'il n'affronte les hasards.

Pélée, à ce discours, portant au loin sa vue,
Voit paroître l'objet qui le tient sous ses lois;
Heureux que pour lui seul l'occasion perdue
  Renaisse une seconde fois !
  Le cœur plein d'une noble audace,
Il vole à la déesse, il l'approche, il l'embrasse.
Thétis veut se défendre, et, d'un prompt changement
  Employant la ruse ordinaire,
Redevient à ses yeux lion, tigre, panthère;
Vains objets qui ne font qu'irriter son amant.

  Ses desirs ont vaincu sa crainte;
Il la retient toujours d'un bras victorieux;
Et, lasse de combattre, elle est enfin contrainte
De reprendre sa forme, et d'obéir aux dieux.

  Amant, si jamais quelque belle,
  Changée en lionne cruelle,
  S'efforce à vous faire trembler,
  Moquez-vous d'une image feinte;
  C'est un fantôme que sa crainte
  Vous présente pour vous troubler.

  Elle peut, en prenant l'image
  D'un tigre ou d'un lion sauvage,
  Effrayer les jeunes Amours;
  Mais, après un effort extrême,
  Elle redevient elle-même,
  Et ces dieux triomphent toujours.

CIRCÉ.

CANTATE VII.

Sur un rocher désert, l'effroi de la nature,
Dont l'aride sommet semble toucher les cieux,
Circé, pâle, interdite, et la mort dans les yeux,
    Pleuroit sa funeste aventure.
    Là, ses yeux errant sur les flots
D'Ulysse fugitif sembloient suivre la trace.
Elle croit voir encor son volage héros ;
Et, cette illusion soulageant sa disgrace,
    Elle le rappelle en ces mots,
Qu'interrompent cent fois ses pleurs et ses sanglots

    Cruel auteur des troubles de mon ame,
    Que la pitié retarde un peu tes pas :
    Tourne un moment tes yeux sur ces climats ;
    Et, si ce n'est pour partager ma flamme,
    Reviens du moins pour hâter mon trépas.

    Ce triste cœur, devenu ta victime,
    Chérit encor l'amour qui l'a surpris :
    Amour fatal ! ta haine en est le prix.
    Tant de tendresse, ô dieux ! est-elle un crime,
    Pour mériter de si cruels mépris ?

Cruel auteur des troubles de mon ame,
Que la pitié retarde un peu tes pas :
Tourne un moment tes yeux sur ces climats ;
Et, si ce n'est pour partager ma flamme,
Reviens du moins pour hâter mon trépas.

C'est ainsi qu'en regrets sa douleur se déclare ;
Mais bientôt, de son art employant le secours,
Pour rappeler l'objet de ses tristes amours,
Elle invoque à grands cris tous les dieux du Ténare,
Les Parques, Némésis, Cerbère, Phlégéthon,
Et l'inflexible Hécate, et l'horrible Alecton,
Sur un autel sanglant l'affreux bûcher s'allume,
La foudre dévorante aussitôt le consume ;
Mille noires vapeurs obscurcissent le jour ;
Les astres de la nuit interrompent leur course ;
Les fleuves étonnés remontent vers leur source,
Et Pluton même tremble en son obscur séjour.

Sa voix redoutable
Trouble les enfers ;
Un bruit formidable
Gronde dans les airs ;
Un voile effroyable
Couvre l'univers ;
La terre tremblante
Frémit de terreur ;
L'onde turbulente
Mugit de fureur ;

La lune sanglante
Recule d'horreur.

Dans le sein de la mort ses noirs enchantements
    Vont troubler le repos des ombres :
Les mânes effrayés quittent leurs monuments ;
L'air retentit au loin de leurs longs hurlements ;
Et les vents, échappés de leurs cavernes sombres,
Mêlent à leurs clameurs d'horribles sifflements.
Inutiles efforts ! amante infortunée,
D'un dieu plus fort que toi dépend ta destinée :
Tu peux faire trembler la terre sous tes pas,
Des enfers déchaînés allumer la colère ;
    Mais tes fureurs ne feront pas
    Ce que tes attraits n'ont pu faire.

    Ce n'est point par effort qu'on aime,
    L'Amour est jaloux de ses droits ;
    Il ne dépend que de lui-même,
    On ne l'obtient que par son choix.
    Tout reconnoît sa loi suprême ;
    Lui seul ne connoît point de lois.

    Dans les champs que l'hiver désole
    Flore vient rétablir sa cour ;
    L'alcyon fuit devant Éole ;
    Éole le fuit à son tour :
    Mais sitôt que l'Amour s'envole,
    Il ne connoît plus de retour.

CÉPHALE.

CANTATE VIII.

La nuit d'un voile obscur couvroit encor les airs,
Et la seule Diane éclairoit l'univers,
    Quand, de la rive orientale,
L'Aurore, dont l'amour avance le réveil,
    Vint trouver le jeune Céphale
Qui reposoit encor dans le sein du sommeil.
Elle approche, elle hésite, elle craint, elle admire;
    La surprise enchaîne ses sens;
Et l'amour du héros pour qui son cœur soupire
A sa timide voix arrache ces accents :

    Vous, qui parcourez cette plaine,
    Ruisseaux, coulez plus lentement;
    Oiseaux, chantez plus doucement;
    Zéphyrs, retenez votre haleine :

    Respectez un jeune chasseur
    Las d'une course violente,
    Et du doux repos qui l'enchante
    Laissez-lui goûter la douceur.

    Vous, qui parcourez cette plaine,

　　　　Ruisseaux, coulez plus lentement;
　　　　Oiseaux, chantez plus doucement;
　　　　Zéphyrs, retenez votre haleine.

Mais que dis-je? où m'emporte une aveugle tendresse?
Lâche amant, est-ce là cette délicatesse
　　　　Dont s'enorgueillit ton amour?
Viens-je donc en ces lieux te servir de trophée?
　　　　Est-ce dans les bras de Morphée
Que l'on doit d'une amante attendre le retour?

　　　　　Il en est temps encore,
　　　　　Céphale, ouvre les yeux:
　　　　　Le jour plus radieux
　　　　　Va commencer d'éclore,
　　　　　Et le flambeau des cieux
　　　　　Va faire fuir l'aurore.
　　　　　Il en est temps encore,
　　　　　Céphale, ouvre les yeux.

Elle dit; et le dieu qui répand la lumière,
De son char argenté lançant les premiers feux,
Vint ouvrir, mais trop tard, la tranquille paupière
D'un amant à-la-fois heureux et malheureux.
Il s'éveille, il regarde, il la voit, il l'appelle;
　　　　Mais, ô cris, ô pleurs superflus!
Elle fuit, et ne laisse à sa douleur mortelle
Que l'image d'un bien qu'il ne possède plus.
Ainsi l'Amour punit une froide indolence:
Méritons ses faveurs par notre vigilance.

N'attendons jamais le jour ;
Veillons quand l'Aurore veille :
Le moment où l'on sommeille
N'est pas celui de l'amour.

Comme un Zéphyr qui s'envole,
L'heure de Vénus s'enfuit,
Et ne laisse pour tout fruit
Qu'un regret triste et frivole.

N'attendons jamais le jour ;
Veillons quand l'Aurore veille :
Le moment où l'on sommeille
N'est pas celui de l'amour.

BACCHUS.

CANTATE IX.

C'EST toi, divin Bacchus, dont je chante la gloire
Nymphes, faites silence, écoutez mes concerts.
Qu'un autre apprenne à l'univers
Du fier vainqueur d'Hector la glorieuse histoire ;
Qu'il ressuscite dans ses vers
Des enfants de Pélops l'odieuse mémoire :
Puissant dieu des raisins, digne objet de nos vœux,

16

C'est à toi seul que je me livre ;
De pampres, de festons, couronnant mes cheveux,
En tous lieux je prétends te suivre ;
C'est pour toi seul que je veux vivre
Parmi les festins et les jeux.

Des dons les plus rares
Tu combles les cieux ;
C'est toi qui prépares
Le nectar des dieux.

La céleste troupe,
Dans ce jus vanté,
Boit à pleine coupe
L'immortalité.

Tu prêtes des armes
Au dieu des combats ;
Vénus sans tes charmes
Perdroit ses appas.

Du fier Polyphême
Tu domtes les sens ;
Et Phébus lui-même
Te doit ses accents.

Mais quels transports involontaires
Saisissent tout-à-coup mon esprit agité ?
Sur quel vallon sacré, dans quels bois solitaires
Suis-je en ce moment transporté ?

Bacchus à mes regards dévoile ses mystères.
Un mouvement confus de joie et de terreur
    M'échauffe d'une sainte audace ;
    Et les Ménades en fureur
N'ont rien vu de pareil dans les antres de Thrace.

    Descendez, mère d'Amour,
    Venez embellir la fête·
    Du dieu qui fit la conquête
    Des climats où naît le jour.
    Descendez, mère d'Amour ;
    Mars trop long-temps vous arrête.

    Déja le jeune Sylvain,
    Ivre d'amour et de vin,
    Poursuit Doris dans la plaine :
    Et les nymphes des forêts
    D'un jus pétillant et frais
    Arrosent le vieux Silène.

    Descendez, mère d'Amour,
    Venez embellir la fête
    Du dieu qui fit la conquête
    Des climats où naît le jour.
    Descendez, mère d'Amour ;
    Mars trop long-temps vous arrête.

Profanes, fuyez de ses lieux ;
Je cède aux mouvements que ce grand jour m'inspire.
Fidèles sectateurs du plus charmant des dieux,

Ordonnez le festin, apportez-moi ma lyre;
Célébrons entre nous un jour si glorieux.
Mais, parmi les transports d'un aimable délire,
Éloignons loin d'ici ces bruits séditieux
    Qu'une aveugle vapeur attire :
    Laissons aux Scythes inhumains
Mêler dans leurs banquets le meurtre et le carnage;
    Les dards du Centaure sauvage
Ne doivent point souiller nos innocentes mains.

    Bannissons l'affreuse Bellone
    De l'innocence des repas :
    Les Satyres, Bacchus, et Faune,
    Détestent l'horreur des combats.

    Malheur aux mortels sanguinaires
    Qui, par de tragiques forfaits,
    Ensanglantent les doux mystères
    D'un dieu qui préside à la paix !

    Bannissons l'affreuse Bellone
    De l'innocence des repas :
    Les Satyres, Bacchus, et Faune,
    Détestent l'horreur des combats.

    Veut-on que je fasse la guerre ?
Suivez-moi, mes amis; accourez, combattez.
Emplissons cette coupe, entourons-nous de lierre.
Bacchantes, prêtez-moi vos thyrses redoutés.
Que d'athlètes soumis! que de rivaux par terre ?

O fils de Jupiter, nous ressentons enfin
Ton assistance souveraine.
Je ne vois que buveurs étendus sur l'arène,
Qui nagent dans des flots de vin.

Triomphe ! victoire !
Honneur à Bacchus !
Publions sa gloire.
Triomphe ! victoire !
Buvons aux vaincus.

Bruyante trompette,
Secondez nos voix,
Sonnez leur défaite.
Bruyante trompette,
Chantez nos exploits.

Triomphe ! victoire !
Honneur à Bacchus !
Publions sa gloire.
Triomphe ! victoire !
Buvons aux vaincus.

LES FORGES DE LEMNOS.

CANTATE X.

Dans ces antres fameux où Vulcain nuit et jour
Forge de Jupiter les foudroyantes armes,
Vénus faisoit remplir le carquois de l'Amour.;
Les Graces, les Plaisirs, lui prêtoient tous leurs
    charmes ;
Et son époux, couvert de feux étincelants,
Animoit en ces mots les Cyclopes brûlants :

    Travaillons, Vénus nous l'ordonne ;
    Excitons ces feux allumés ;
    Déchaînons ces vents enfermés ;
    Que la flamme nous environne :

    Que l'airain écume et bouillonne,
    Que mille dards en soient formés ;
    Que sous nos marteaux enflammés
    A grand bruit l'enclume résonne.

    Travaillons, Vénus nous l'ordonne ;
    Excitons ces feux allumés ;
    Déchaînons ces vents enfermés ;
    Que la flamme nous environne.

C'est ainsi que Vulcain, par l'amour excité,
Armoit contre lui-même une épouse volage;
Quand le dieu Mars, encor tout fumant de carnage,
Arrive, l'œil en feu, le bras ensanglanté.
Que faites-vous, dit-il, de ces armes fragiles,
Fils de Junon, et vous, Chalybes assemblés?
Est-ce pour amuser des enfants inutiles
Que cet antre gémit de vos coups redoublés?

    Hâtez-vous de réduire en poudre
    Ce fruit de vos travaux honteux :
    Renoncez à forger la foudre,
    Ou quittez ces frivoles jeux.

Mais, tandis qu'il s'emporte en des fureurs si vaines,
Il se sent tout-à-coup frappé d'un trait vengeur.
Quel changement! quel feu répandu dans ses veines
Couvre son front guerrier de honte et de rougeur!
Il veut parler; sa voix sur ses lèvres expire :
Il lève au ciel les yeux, il se trouble, il soupire;
Toute sa fierté cède; et ses regards confus,
Par les yeux de l'Amour arrêtés au passage,
    Achèvent de faire naufrage
    Contre un sourire de Vénus.

    Fiers vainqueurs de la terre,
    Cédez à votre tour :
    Le vrai dieu de la guerre
    Est le dieu de l'amour.

N'offensez point sa gloire ;
Gardez de l'irriter :
C'est perdre la victoire
Que de la disputer.

Fiers vainqueurs de la terre,
Cédez à votre tour :
Le vrai dieu de la guerre
Est le dieu de l'amour.

LES FILETS DE VULCAIN.

CANTATE XI.

L E Soleil adoroit la reine de Paphos,
Et disputoit à Mars le cœur de l'immortelle ;
Lorsqu'un coup du destin, fatal à son repos,
Du bonheur d'un rival le fit témoin fidèle.

Confus, désespéré, jaloux,
Il court pour se venger d'un si cruel outrage ;
Mais au milieu de son courroux
Une secrète voix lui tenoit ce langage :

Où portes-tu tes pas ?
Étouffe ta colère ;

Et ne t'aveugle pas
Quand la raison t'éclaire.

Tous ces efforts jaloux
Qu'excite une infidèle
La vengent mieux de nous
Qu'ils ne nous vengent d'elle.

Ainsi, loin de punir
L'ingrate qui t'offense,
Tâche d'en obtenir
Le prix de ton silence.

Fais-lui payer ta foi;
Presse, prie, intimide,:
L'amour sera pour toi,
Si la raison te guide.

Foible raison, hélas! le dieu, plein de fureur,
Chez l'époux de Vénus va souffler la terreur.
Dans un réduit obscur, ignoré, solitaire,
Ses yeux, ses yeux ont vu... ce qu'il ne peut plus taire.
A ce discours Vulcain, de rage possédé,
N'aspire qu'à confondre une épouse perfide.
Malheureux! mais l'hymen fut toujours mal guidé
      Quand il prit le courroux pour guide.
      Autour de ce réduit heureux,
Théâtre où les Amours célèbrent leur victoire,
Il dispose avec art d'imperceptibles nœuds,
Piège où doit expirer leur honneur, et sa gloire.

Craignez, amants trop heureux,
Votre félicité même :
Plus un bonheur est extrême,
Et plus il est dangereux.

Le dieu qui vous fait aimer
Vous enivre de ses charmes ;
Mais d'un amour sans alarmes
On doit toujours s'alarmer.

Craignez, amants trop heureux,
Votre félicité même :
Plus un bonheur est extrême,
Et plus il est dangereux.

Victimes de leur négligence,
Mars et Vénus surpris sont la fable des cieux.
Déja, tout fier de sa vengeance,
Vulcain à ce spectacle appelle tous les dieux ;
Déja sur cet objet leur troupe se partage ;
Quand tout-à-coup Momus court à ce dieu peu sage,
Et d'un laurier burlesque orne son triste front.
Tout l'olympe éclata de rire ;
Et Vulcain, essuyant mille traits de satyre,
S'enfuit, et dans Lemnos fut cacher son affront.

Heureux qui se rend maître
D'un stérile courroux !
C'est être heureux époux
Que de feindre de l'être ;

Et plus on est jaloux,
Moins on doit le paroître.

Vénus sait se contraindre ;
Elle fuit le grand jour :
De sa paisible cour
L'Hymen doit peu se plaindre ;
Et ce n'est point l'Amour,
C'est Momus qu'il doit craindre.

~~~~~~

LES BAINS DE TOMERI.

CANTATE XII.

Pour S. A. S. madame la duchesse douairière.

QUEL spectacle pompeux orne ce bord tranquille !
Diane, avec toute sa cour,
Vient-elle y chercher un asyle
Contre les feux du dieu du jour ?
Pour voir ces déités nouvelles,
Le Soleil tient encor ses coursiers arrêtés :
La nymphe qui préside à ces bords enchantés
Épuise ses regards sur elles,
Et rassemble en ces mots ses compagnes fidèles
Pour rendre hommage à leurs beautés :

Venez voir votre souveraine,
Nymphes, sortez de vos roseaux :
C'est Thétis qui vient sur la Seine
Goûter la fraîcheur de mes eaux.

Coulez, coulez, eaux fugitives :
Et vous, oiseaux, quittez les bois ;
Chantez sur ces aimables rives,
Chantez l'honneur que je reçois.

Venez voir votre souveraine,
Nymphes, sortez de vos roseaux ;
C'est Thétis qui vient sur la Seine
Goûter la fraîcheur de mes eaux.

Nouvelles déités qui flottez sur mes ondes,
Que d'attraits inconnus vous offrez à mes yeux !
   Jamais dans ses grottes profondes
Amphitrite n'a vu rien de si précieux.
Mais n'en rougissez pas, dans cette cour charmante
   La déesse qui vous conduit
Brille comme au milieu des astres de la nuit
Du jeune Endymion on voit briller l'amante.
Quel cœur résisteroit à des attraits si doux ?
Naïades, approchez ; Tritons, éloignez-vous.

Vous qui rendez Flore imortelle,
Rassemblez-vons, tendres Zéphyrs :
Une divinité nouvelle
Est réservée à vos soupirs.

Venez sur mes humides plaines
Caresser ces jeunes beautés ;
Venez de vos douces haleines
Échauffer mes flots argentés.

Vous qui rendez Flore immortelle,
Rassemblez-vous, tendres Zéphirs :
Une divinité nouvelle
Est réservée à vos soupirs.

Et vous, dont le pouvoir s'étend sur tout le monde,
Amours, si les attraits de la fille des mers
　　　Ont pu vous attirer sur l'onde,
Accourez sur ma rive, et traversez les airs ;
Une Vénus nouvelle exige votre hommage :
Et bientôt vous vérrez que celle de Paphos
　　　Lui cède autant que mon rivage
Le cède aux vastes bords de l'empire des flots.

Tendres Amours, accourez tous ;
Venez, volez, troupe immortelle :
La beauté languiroit sans vous,
Et vous expireriez sans elle.

S'il est vrai que le dieu d'amour
A la beauté doit sa naissance,
La beauté, par un doux retour,
Doit à l'Amour seul sa puissance.

Tendres Amours, accourez tous ;

Venez, volez, troupe immortelle :
La beauté languiroit sans vous,
Et vous expireriez sans elle.

CONTRE L'HIVER.

CANTATE XIII.

ARBRES dépouillés de verdure,
Malheureux cadavres des bois,
Que devient aujourd'hui cette riche parure
Dont je fus charmé tant de fois ?
Je cherche vainement, dans cette triste plaine,
Les oiseaux, les zéphyrs, les ruisseaux argentés :
Les oiseaux sont sans voix, les zéphyrs sans haleine,
Et les ruisseaux dans leur cours arrêtés.
Les aquilons fougueux règnent seuls sur la terre,
Et mille horribles sifflements
Sont les trompettes de la guerre
Que leur fureur déclare à tous les éléments.

Le soleil, qui voit l'insolence
De ces tyrans audacieux,
N'ose étaler en leur présence
L'or de ses rayons précieux.

La crainte a glacé son courage,
Il est sans force et sans vigueur ;
Et la pâleur sur son visage
Peint sa tristesse et sa langueur.

Le soleil, qui voit l'insolence
De ces tyrans audacieux,
N'ose étaler en leur présence
L'or de ses rayons précieux.

Du tribut que la mer reçoit de nos fontaines
Indignés et jaloux, leur souffle mutiné
    Tient les fleuves chargés de chaînes,
Et soulève contre eux l'océan déchaîné.
    L'orme est brisé, le cèdre tombe,
    Le chêne le plus dur succombe
    Sous leurs efforts impérieux :
Et les saules couchés, étalant leurs ruines,
Semblent baisser leur tête et lever leurs racines
    Pour implorer la vengeance des cieux.

    Bois paisibles et sombres,
    Qui prodiguiez vos ombres
    Aux larcins amoureux,
    Expiez tous vos crimes,
    Malheureuses victimes
    D'un hiver rigoureux ;

    Tandis qu'assis à table,
    Dans un réduit aimable,

Sans soins et sans amour,
Près d'un ami fidèle,
De la saison nouvelle
J'attendrai le retour.

POUR L'HIVER.

CANTATE XIV.

Vous dont le pinceau téméraire
Représente l'hiver sous l'image vulgaire
    D'un vieillard foible et languissant,
Peintres injurieux, redoutez la colère
    De ce dieu terrible et puissant :
    Sa vengeance est inexorable,
Son pouvoir jusqu'aux cieux sait porter la terreur;
Les efforts des Titans n'ont rien de comparable
    Au moindre effet de sa fureur.

    Plus fort que le fils d'Alcmène,
    Il met les fleuves aux fers :
    Le seul vent de son haleine
    Fait trembler tout l'univers.

    Il déchaîne sur la terre
    Les aquilons furieux :

Il arrête le tonnerre
Dans la main du roi des dieux.

Plus fort que le fils d'Alcmène,
Il met les fleuves aux fers :
Le seul vent de son haleine
Fait trembler tout l'univers.

Mais si sa force est redoutable,
Sa joie est encor plus aimable :
C'est le père des doux loisirs ;
Il réunit les cœurs, il bannit les soupirs,
Il invite aux festins, il anime la scène :
Les plus belles saisons sont des saisons de peine ;
La sienne est celle des plaisirs.
Flore peut se vanter des fleurs qu'elle nous donne,
Cérès des biens qu'elle produit ;
Bacchus peut s'applaudir des trésors de l'automne :
Mais l'hiver, l'hiver seul en recueille le fruit.

Les dieux du ciel et de l'onde,
Le soleil, la terre, et l'air,
Tout travaille dans le monde
Au triomphe de l'hiver.

C'est son pouvoir qui rassemble
Bacchus, l'Amour, et les Jeux :
Ces dieux ne règnent ensemble
Que quand il règne avec eux.

Les dieux du ciel et de l'onde,
Le soleil, la terre, et l'air,
Tout travaille dans le monde
Au triomphe de l'hiver.

CALISTO.

CANTATE XV.

Déesse des forêts, à vos pieds je m'engage
A mépriser l'amour, à détester ses feux :
Puissé-je devenir, si je trahis mes vœux,
Des objets de ces bois l'objet le plus sauvage !
Calisto, ce fut là ton serment ; mais, hélas !
Ta fatale beauté ne le confirmoit pas.

O beauté, partage funeste,
A tous les autres préféré,
Vous êtes du courroux céleste
Le gage le plus assuré !

Mille embûches toujours certaines
Semblent conjurer vos malheurs :
La volupté forme vos chaînes,
Votre orgueil les couvre de fleurs.

O beauté, partage funeste,

A tous les autres préféré,
Vous êtes du courroux céleste
Le gage le plus assuré!

En vain mille mortels avoient brûlé pour elle,
Sa constante vertu lui fut toujours fidèle.
Mais qui peut, dieux cruels, braver votre pouvoir?
Jupiter, sous les traits de Diane elle-même,
　　Séduit enfin cette nymphe qu'il aime,
Et la force à trahir ses vœux et son devoir.

　　　　Feux illégitimes,
　　　　Trompeuse douceur,
　　　　Dans quels noirs abymes
　　　　Plongez-vous mon cœur?

　　　　La sombre tristesse
　　　　Toujours me poursuit;
　　　　La crainte me presse,
　　　　Le repos me fuit.

　　　　Feux illégitimes,
　　　　Trompeuse douceur,
　　　　Dans quels noirs abymes
　　　　Plongez-vous mon cœur?

C'en est fait; et déja la sévère Diane
A reconnu le fruit d'un malheureux amour.
　　　　Sors de mes yeux, objet profane,
Ne souille plus, dit-elle, un si chaste séjour;

17

Transformée en ourse effroyable
Va cacher dans les bois ta honte et tes plaisirs :
Sous cette forme épouvantable,
Que Jupiter, s'il veut, t'offre encor ses soupirs.

Vous qui dans l'esclavage
Tenez le cœur des dieux,
Craignez toujours l'hommage
Qu'ils rendent à vos yeux.

Aux douceurs du mystère
Le calme est attaché :
Ce que la gloire éclaire
N'est pas long-temps caché.

Vous qui dans l'esclavage
Tenez le cœur des dieux,
Craignez toujours l'hommage
Qu'ils rendent à vos yeux.

CANTATE XVI.

Ne me reprochez plus tous les maux que j'ai faits,
Disoit le dieu d'amour aux nymphes des forêts :
Si j'ai rendu tant de cœurs misérables,
De tant d'heureux mortels si j'ai troublé la paix,

Et si tout l'univers se plaint de mes forfaits,
Les destins seuls en sont coupables ;
Ils m'ont voilé les yeux par d'injustes arrêts ;
Et je ne saurois voir sur qui tombent mes traits.

Dans une obscurité profonde
Je porte au hasard mon flambeau :
Otez à l'Amour son bandeau,
Vous rendrez le repos au monde.

Les mortels, d'une ardeur extrême,
M'ont choisi pour leur commander ;
Mais comment puis-je les guider ?
Je ne puis me guider moi-même.

Dans une obscurité profonde
Je porte au hasard mon flambeau :
Otez à l'Amour son bandeau,
Vous rendrez le repos au monde.

Ainsi parloit l'Amour. Mais quel heureux effort
Pouvoit accomplir ce miracle ?
C'est à vous, belle Iris, c'est à vous que le sort
Permettoit de lever cet invincible obstacle :
Un dieu jouit par vous de la clarté du jour ;
Mais dans vos yeux, ô ciel ! quelle clarté nouvelle
S'offrit aux regards de l'Amour !
Surpris en vous voyant si charmante et si belle,
Ils vous donna dès-lors une foi solemnelle
D'abandonner pour vous et Vénus et sa cour.

L'Amour a quitté sa mère
Pour se soumettre à vos lois ;
Il ne vit que pour vous plaire ;
Et la reine de Cythère
N'ose condamner son choix.

Les Graces et la Jeunesse
Vous parent de mille fleurs ,
Et peignent votre sagesse
Des plus riantes couleurs.

L'Amour a quitté sa mère
Pour se soumettre à vos lois ;
Il ne vit que pour vous plaire ;
Et la reine de Cythère
N'ose condamner son choix.

Goûtez , mortels , goûtez les heureux avantages
Qui depuis si long-temps vous étoient inconnus :
L'Amour est sans bandeau ; que de maux prévenus !
Et pour vous , jeunes cœurs , quels fortunés présages !

Iris a dessillé les yeux
Du dieu qui régit la nature :
Amour , tes traits victorieux
Ne partent plus à l'aventure.

On ne voit plus d'amant rebelle ,
Ni de cœurs lassés de leurs fers :

Les yeux de l'Amour sont ouverts,
Il n'en blesse plus que pour elle.

CANTATE XVII.

L'ABSENCE m'a fait voir la honte de mon choix;
Et je romps la prison où sous de dures lois
    Gémissoit mon ame captive.
Mais mon cœur vainement est rentré dans ses droits;
Je n'ai pu retrouver ma raison fugitive,
    Qu'en la perdant une seconde fois.

    Amour, tu finis mes peines,
    Et mes yeux se sont ouverts;
    Mais pour soulager mes chaînes
    Faut-il me donner des fers?

    Mon cœur sauvé de l'orage
    N'en est que plus agité;
    Et je sors de l'esclavage
    Sans trouver la liberté.

    Amour, tu finis mes peines,
    Et mes yeux se sont ouverts;
    Mais pour soulager mes chaînes
    Faut-il me donner des fers?

Mais que dis-je, insensé ? je m'abuse moi-même ;
Ce ne sont point des fers que je romps en ce jour :
Non, jusqu'à ce moment je n'ai point eu d'amour ;
    C'est la première fois que j'aime.

    Un feu séditieux
    Brûle au fond de mon ame,
    Et d'une humide flamme
    Fait pétiller mes yeux :
    D'un poison que j'ignore
    Mon sang est allumé,
    Et des feux du Centaure
    Hercule consumé
    Languissoit moins encore
    Que mon cœur enflammé.

Toutefois, au milieu de ma douleur profonde,
Je vous rends grace, ô dieux, du trouble de mes sens ;
Et quand votre colère, en cruautés féconde,
M'accableroit de maux encore plus pressants,
Vous ne sauriez m'ôter l'amour que je ressens ;
Et c'est sur cet amour que mon espoir se fonde.

    Aimable souffrance,
    Charmantes langueurs,
    Votre violence
    Fait la récompense
    Des sensibles cœurs.

    La beauté nouvelle

Dont je suis la loi
Me rendra fidèle ;
Je vivrai pour elle
Bien plus que pour moi.

Aimable souffrance,
Charmantes langueurs,
Votre violence
Fait la récompense
Des sensibles cœurs.

CANTATE XVIII.

Jeune et tendre arbrisseau, l'espoir de mon verger,
Fertile nourrisson de Vertumne et de Flore,
Des faveurs de l'hiver redoutez le danger,
Et retenez vos fleurs qui se pressent d'éclore,
Séduites par l'éclat d'un beau jour passager.

Imitez la sage anémone,
Craignez Borée et ses retours ;
Attendez que Flore et Pomone
Vous puissent prêter leur secours.

Philomèle est toujours muette,
Progné craint de nouveaux frissons ;

Et la timide violette
Se cache encor sous les gazons.

Imitez la sage anémone,
Craignez Borée et ses retours ;
Attendez que Flore et Pomone
Vous puissent prêter leur secours.

Soleil, père de la nature,
Viens répandre en ces lieux tes fécondes chaleurs ;
Dissipe les frimas, écarte la froidure
    Qui brûle nos fruits et nos fleurs :
    Cérès, pleine d'impatience,
N'attend que ton retour pour enrichir nos bords ;
    Et sur ta fertile présence
Bacchus fonde l'espoir de ses nouveaux trésors.

        Les lieux d'où tu prends ta course
        Virent ses premiers combats ;
        Mais loin des climats de l'ourse
        Il porta toujours ses pas.

        Quand les Amours favorables
        Voulurent le rendre heureux,
        Ce fut sur des bords aimables
        Qu'échauffoitent tes plus doux feux.

        Les lieux d'où tu prends ta course
        Virent ses premiers combats ;

Mais loin des climats de l'ourse
Il porta toujours ses pas.

~~~~~~~~~~~~~~~~~~~~~~~~~~~~~~~

EUROPE,

CANTATE XIX, *à deux voix.*

EUROPE.

QUEL prodige mystérieux !
O ciel ! qu'est devenu ce monstre audacieux
Dont le perfide effort en ce lieu m'a conduite ?
Un mortel s'offre seul à ma vue interdite.
Mais que dis-je, un mortel ? Europe, ouvre les yeux :
Au changement soudain que tu vois en ces lieux,
A l'éclat qui te frappe, au trouble qui t'agite,
  Peux-tu méconnaître les dieux ?

JUPITER.

Rendez le calme, Europe, à votre ame étonnée ;
Oui, le maître des dieux vient s'offrir à vos fers ;
De vous seule aujourd'hui dépend la destinée
Du dieu de qui dépend celle de l'univers.
  Partagez les feux et la gloire
  D'un cœur charmé de vos beautés ;
  Que le dieu que vous soumettez
  Applaudisse à votre victoire.

EUROPE.

O gloire qui m'alarme autant qu'elle m'enchante !
Gloire qui fait déjà trembler mon cœur jaloux !
Plus votre rang m'élève, et plus il m'épouvante.
Ah ! les dieux sont-ils faits pour aimer comme nous ?
    Faut-il que la crainte me glace,
    Lorsque l'Amour veut m'enflammer ?
    Mon cœur est fait pour vous aimer,
    Mais votre grandeur l'embarrasse.
    Lorsque l'amour veut m'enflammer,
    Faut-il que la crainte me glace ?

JUPITER.

Quoi ! victime d'un rang que le sort m'a donné,
A vivre sans desirs je serois condamné ?
J'ignorerois l'amour et ses vives tendresses ?
Laissez aux dieux du moins la sensibilité :
L'honneur d'être immortel seroit trop acheté,
    S'il nous défendoit les foiblesses.

EUROPE.

Auprès des dieux, hélas ! quel moyen d'arriver
A cette égalité qui forme un amour tendre ?
Un mortel jusqu'aux dieux ne sauroit s'élever ;
 Un dieu jusqu'aux mortels veut rarement descendre

JUPITER.

Non, non, ne craignez point de vous laisser toucher;
L'Amour fait disparoître une gloire importune.

Tous deux ensemble,

Non, non, ne craignez point de vous laisser toucher,
L'Amour fait disparoître une gloire importune;
C'est à l'Amour de rapprocher
Ce que sépare la Fortune.

JUPITER.

Venez partager avec moi
Cet honneur qu'en naissant j'ai rèçu de Cybèle :
Pour premier gage de ma foi
Recevez aujourd'hui le titre d'immortelle.

EUROPE.

Ah! ne me privez point de l'unique secours
Où je pourrois avoir recours,
Si votre cœur pour moi se lassoit d'être tendre.
Vous dire que je crains votre légèreté,
N'est-ce pas assez faire entendre
Que je crains l'immortalité ?

JUPITER.

Non, rien n'affoiblira l'ardeur dont je vous aime;

J'en jure par l'Amour, j'en jure par vous-même.
Puisse expirer l'astre brillant du jour
Avant que ma tendresse expire !
Puissé-je voir la fin de mon empire
Avant la fin de mon amour !

Tous deux.

Que de notre bonheur l'Amour seul soit le maître,
Qu'à jamais notre encens brûle sur ses autels !
Puissent nos feux être immortels
Comme le dieu qui les fit naître !

FIN DES CANTATES.

TABLE.

ODES.

LIVRE PREMIER.

LIVRE II.

LIVRE III.

LIVRE IV.

ODES EN MUSIQUE,
OU CANTATES ALLÉGORIQUES.

FIN

www.ingramcontent.com/pod-product-compliance
Lightning Source LLC
Chambersburg PA
CBHW071819020726
47502CB00004B/1163